Ling Ma

ブリス・モンタージュ

リン・マー　藤井 光[訳]

白水社
ExLibris

ブリス・モンタージュ

BLISS MONTAGE

ダニエラに♡

ブリス・モンタージュ　目次

装丁
緒方修一

カバー写真
Design Pics / アフロ

ロサンゼルス

わたしたちが暮らしている家には、三つの棟がある。西棟に、わたしと〈夫〉が暮らしている。東棟には、子どもたちと世話係の留学生《オーペア》たちが暮らしている。三つ目の、いちばん大きいけどいちばん不恰好な棟は、折れた腕のように家の後ろにぐねぐねと延びていて、そこにわたしの元彼たちが一〇〇人暮らしている。わたしたちはロサンゼルスで暮らしている。

ハリウッド・ヒルズのなかでも、この家からの眺めがいちばんいい。スペイン風の床タイルのキッチンからは、丘の下、昔わたしが住んでいた集合住宅が見える。コーラルピンクの漆喰壁の、モーテルを改装した建物だ。電球が切れたままの看板には〈楽園《エル・パライソ》〉と書かれている。わたしのいたアパートメントには、いまはべつの女の子が住んでいる。Tシャツとスリップという恰好で、コップに入れたジュースを飲み、わたしがシーグリーンの色に塗ったキッチンの流しの前で背を丸めて立っている。いまは午前三時。いまは午後三時。

女の子はあっち側にいて、わたしはこっち側にいる。あっち側にいたときに付き合っていた元彼もみんな、いまはこっち側にいる。アーロン。アダム。アキヒコ。アレハンドロ。アンダース。アンドリュー。Ａで始まる元彼だけでこれだけいる。

一〇〇人の元彼たちとは毎日遊んでいる。ポルシェ９１１のターボＳに、ピエロがぞろぞろ出てくるサーカスの車みたいにぎゅうぎゅう詰めになって、道路や大通り、丘や峡谷、ヤシの葉が散らばった並木道、ショッピングモールの駐車場を走っていく。ジェフがハンドルを握る。街は果てしなく広がっている。青あざの色をしたブーゲンビリアが人家のフェンスからはみ出しているのを見かけることもある。竹やぶを見かけることもある。墓地を見かけることも。毛細血管拡張症除去の無料クリニックを見かけることも。日差しが顔に当たって、わたしたちの目は細まり、髪は風で膨らむ。

〈夫〉のクレジットカードでの支払い。〈ウマミバーガー〉でハンバーガーを一〇一個、ロサンゼルス・カウンティ美術館の入場券を一〇一枚、〈ムーン・ジュース〉でターメリック入りミルクを一〇一杯。わたしたちは買い物をする。〈バーニーズ〉に行く。コリアタウンに行く。気軽な読書をしに〈アース・カフェ〉に行く。

小麦若葉ジュースをもう一杯飲んでもいいかな？　とブノワは言う。

このパーカーだと太って見える？　とフレッドは言う。

そろそろ家に帰る時間だよ、とチャンは言う。

そして、アーロン。アーロンはなにも言わない。アダムもなにも言わない。

ゲートで隔離されたわたしたちの地区に戻るころにはもう夕方になっていて、空はピンクとオレンジのいろんな色合いが重なったケーキのようだ。警備ブースのところで、黒い鉄のゲートが重たげに上がって車を通してくれる。

みんなが車から降りたあと、〈夫〉が投資会社から帰ってくる。音のしないガレージの扉から静かに入ってくる。グラスに氷が当たり、バーボンウイスキーを瓶から注ぐときのとくとくという音でわかる。〈夫〉はグラスをしばらく置いておく。

おかえり、とわたしは言う。今日はどうだった？
$$$$、$$$$$$$$$、と〈夫〉は言う。$$$$$$$$$$$$$$。
へえ、じゃあ上がったの？　それとも下がった？
$$$$$$$$$$。
それって、この土日も仕事するってこと？

$。

〈夫〉は安らぐ場所だ。つまり椅子だ。〈夫〉にもたれかかって、独りじゃないんだと体の感覚で安心するときもある。いつでも、好きなときにその感覚を得られる。たいていは土曜日の夜、たいていは日曜日の朝に。でも、いちばんそれが必要なのは、夜になりかけのころ、自分が溶けてなくなってしまうような気がするときだ。その時間帯に、元彼たちはあちこちに散らばり、わたしは〈夫〉と夕食に出かける。

飛行機用のコートを羽織り、時間制で共同所有しているプライベートジェットでマリン郡に向かう。八時にはサウサリートに降り立つ。ダニエル・スティールが暮らしていて、不機嫌そうな針葉樹が険しい丘に並び、深い入り江が広がっていて海岸に並ぶ岩にひたひたと波が打ち寄せている、そんな土地だ。きれいな街だけど、買い物をしようにも〈ベネトン〉しかない。

港にあるスローフードのレストランで、隣のテーブルの年配の夫婦がこっちを見てにこやかな笑顔になる。少し遅れて、笑顔のわけがわかる。その夫婦の目には、おそろいのベストや白髪のない、昔の自分たちが映っているのだ。ふたつのテーブルのあいだには、三〇年の隔たりがある。わたしは笑顔を返して、目をそらす。

〈夫〉は赤ワインを、わたしはダイエットコーラを頼む。料理が出てくる。炒りごまをまぶしたマグロのカルパッチョ、えんどう豆の新芽をやさしく巻きつけてハーブの裏ごしソースをかけた仔牛の塊肉。ミントとディルを煮詰めたドレッシングをかけたズッキーニの細切り。

ワインを飲みつつ仔牛肉を食べる〈夫〉に、わたしは話す。元彼たちとどんな一日を過ごしたか、どんな美術品を見たか、どんな買い物をしたか。デザートが出てくる。ラズベリーソースとマスカルポーネのクリームチーズを添えたバニラトルテだ。

デザートを楽しもうとするけど、隣のテーブルの夫婦の視線からどうしても逃れられない。女性のほうが、ついに我慢できなくなる。身を乗り出してきて、わたしの手首にそっと手を置いて言う。きっとかわいい赤ちゃんが産めるわよ。

もう産みましたから、とわたしは言って、手を引っ込める。

息子がひとり、娘がひとり、ぽんぽんと生まれた。六歳と七歳。見た目も性格も、〈夫〉にそっくりだ。食事のときにはくちゃくちゃ音を立てたりしないし、どのフォークを使うべきかも知っている。夜になると、わたしのひざ元によじ登ってきて、あれやこれやの秘密をあっさり話してくれる。折りたたみ椅子みたいに軽い。

家で、娘がラズベリージュースを絨毯にこぼすと、息子は叱る。だから素敵なものは持ってても意味がないんだよ。

いいえ、そんなことはありません、とわたしは娘を見ながら言う。なんでも持ってていいの。

ほんと？　と娘は言う。

あきらめなきゃいけないものなんてなにもないの、とわたしは言う。六歳児に言うことではないと承知してはいるけど、それでも言う。ケーキを食べて、持っていてもいいの（本来は「ケーキを食べたら持っていることはできない」ということわざ）。

じゃあ、ジュースをこぼして、持っていてもいいの？

もちろん。うまく類推できてる。

元彼たちが順番に、子どもたちにいろいろ手ほどきしてくれる。ピアノの練習をして、算数の問題を解いて、論理と修辞法の訓練をする。

真ん中のドはどこかな、とフィリップは言う。

ｘの値を求めよ、とアキヒコは言う。

もしもａならば、ｂになる、とハンスは言う。

でも、アーロンは、彼はなにも言わない。アダムもなにも言わない。

元彼は一〇〇人いるけど、ほんとうに大事なのはふたりだけだ。似た名前のふたり。アーロンとアダム。アダムとアーロン。アーロンが大事なのは、わたしが恋をした人だから。アダムが大事なのは、わたしを殴った人だから。まずアダムと出会って、それからアーロンと出会った。まずは傷、その次に塗り薬。塗り薬をもらってようやく、自分は傷ついたのだとわかるものなのかもしれない。塗り薬はすべてを蘇らせる。殴られたあとは外には出ない。顔全体が大きな鼻のように腫れてしまう。鎮痛剤も食材も買いに出ない。市街地に放たれた動物のように見えてしまって、野生動物だと思われて動物管理局に捕まってしまう。そんなわけで、わたしは家から出なかった。壁やシーツについた血を洗って落とした。血が飛び散った枕は証拠として取っておいたけど、それはだれかのためではなく自分だけのためだった。音楽を聴いた。キャット・パワーの『ザ・カヴァーズ』。読書の遅れを取り戻した。『初心者でもわかる虐待のすべて』――手慣れた加害者は、女性の顔を殴ることはしません。未熟な加害者が虐待に及ぶのは、制御不能で極端な情況に突き動かされるときだけです。わたしはそこを読み直した。「情況」ではなく「情動」だった。哲学にも磨きをかけた。生きるとは、時間のなかに存在することである。思い出すとは、時間を否定することである。

わたしはきまって夕方近くに思い出し始め、それは夜遅くまで続く。一度、殴られる前にアダムに訊かれたことがある。きみの感じていることがほんとうにあるのかどうか、どうやって僕にわかるんだ？　僕の前に付き合ってたみんなに対して感じてたことかもしれないだろ。僕のあとに登場するみんなに対して感じることかもしれない。

夕食のあと、〈夫〉と一緒に時間制プライベートジェットに乗って、ロサンゼルスに戻る。暗いなか、翼を広げた形のカリフォルニアを突っ切って進む。下に見えるのは、街から街に連なる光、過ぎていく時。夜に遠くから眺めるロサンゼルスは星座のようで、ほんとうに美しい。だらだら広がっていて、ひとつの都市というよりも、さしたる見通しもないまま都市計画を次々に進めていったようだ。フランク・ロイド・ライト設計の邸宅の次にル・コルビュジエ風の教会が出てきて、二〇世紀中盤のバンガローが地中海風のヴィラと共存していて、アダルトショップと背中合わせに、禁欲的なライフスタイルの指導センターが建っている。規則性も、意味もない。

飛行機用の毛布の下で、〈夫〉の手がわたしの手を握る。

$$$$$$$$$$$$$$$$$$$$$$? と訊いてくる。

そんなの言わずもがなでしょ、とわたしは言って、手をぎゅっと握ってあげる。

家に戻ると、子どもたちはふたりとも寝ている。〈夫〉は夫婦の寝室に下がり、わたしは来客用のコテージに向かう。たいていは、そのコテージで夜を過ごすことにしている。前は貸していたけど、いまはだれも住んでいない。広がる裏庭のくねくねした石畳の小道を通り、抜けていくブーゲンビリアの茂みでは、花がくしゃみをするように花粉をまき散らしている。コテージには、前の入居者たちが置いていった家具がある。椅子と、ベッドと、ランニングマシンがそれぞれひとつ。窓を開けて、ランニングマシンで歩きながら、昔のファッション雑誌を読む。

だれかがドアをノックする。

どうぞ、とわたしは言う。

ドアが大きく開く。アーロンがいる。

もう話はしないんじゃなかったっけ、とわたしは言う。

行きたいところがある。車を出してくれないか。

ジェフに頼んだら。たぶんまだ起きてるし。

いや、きみとふたりきりがいいんだ。いまはなにしてる?

エクササイズ。

アーロンは咳払いをする。出るところなんだ。

出るってどこから?

ここから出ていく。べつのところに行く。

わたしは言葉に詰まってしまう。

こうなるってわかってたはずだ、とアーロンは言う。みんな長居しすぎてる。

いつまでいたっていいのに。

来てくれ。ついてくるようアーロンが身振りをして、わたしはついていく。ポルシェが車道でアイドリング中だ。アーロンが運転席のドアを開けてくれる。乗り込むと、エンジンキーはもう差し込んである。ダッシュボードの時刻表示には、一二時過ぎだと出ている。

荷物はどこ?　とわたしは言う。

トランクに入れてある。

もう話すことはあまりない。ふたりとも無言のまま、丘を下って、ほかの人たちの敷地の前を過ぎていく。丘の麓で、わたしが身分証をスワイプすると、黒い鉄製のゲートが勝ち誇ったように開く。

これから飛び立とうとする鳥のように。

どこに行くの?

フリーウェイに入ったら右折して。道順はそのつど指示するから。

街灯の光を次々に浴びる元彼は、無表情だが晴れやかな顔をしている。目尻にしわができていることに、いまになってようやく気がつく。格安のタトゥー除去手術の痕が、左腕にちらりと見える。わたしの旧姓の形がまだ残っている。

ここの出口で下りて、と彼は言う。

一般道を進む。大通りを走っていく。深夜だから、道路はどこも空《す》いている。わたしの手が震えて車がふらふらし始めると、アーロンがハンドルに片手を置いてくる。わたしはしゃんとする。

ゆっくり行こう、とアーロンは言う。

なじみの場所を過ぎていく。〈ラッキー〉では卵やチーズをよく買って、裏の薬局の隣にある血圧測定器で遊んでいた。その近くにアーロンのアパートメントがあって、熱帯の鳥を何羽か飼っていた。退去させられたとき、アーロンは部屋に入って鳥を引き取ることを許されなかった。〈夫〉の家に引っ越してくればいいから、と言うわたしに、それでなにか解決するわけじゃないだろ、とアーロンは言った。でも、結局は引っ越してきた。

わたしたちが出会ったタコスの店は、この時刻は閉まっている。共通の友人たちと待ち合わせをしていたのが、みんな先に映画に行ってしまっていて、そろって遅刻したわたしとアーロンのふたりきりになったのだ。とりあえず席についた。フィッシュフライのタコスを食べた。わたしはパイナップルの、アーロンはタマリンドのハリトスを飲んだ。タマリンド味は初めてだった。

食べ終わると、ふたりとも表に出たものの、どこに行けばいいのかわからなかった。

靴ひもがほどけてるよ、とアーロンは言った。

わたしのシューズはぼろぼろのナイキだった。アーロンはしゃがんで、凝った結び目を作ってくれた。

それを終えると、気まずそうに立ち上がった。変なところに行ってみたい？

行ってみたい。

変なところとは、ハリウッド大通りを二〇分ほど行ったところにある、ストリップモール（小型のショッピングセンター）だった。

ここ、ただのストリップモールだけど、とわたしは言った。

モスクのストリップモールなんだ。

えっ？　わたしはあたりを見回した。以前はモスクだった土地に建てられたストリップモールだった。モスクはすっかり取り壊されていて、祈りの呼びかけを響かせていた二本の細くて白いミナレットだけが残っている。その横にはパトロンのテキーラの広告板があって、**自分だけのこだわりをあなたに**、と書いてあった。モール自体には、コインランドリーとブライダルブティックと、蛍光色で照らされたメキシカンのベーカリーが並んでいた。、そのベーカリーで、ラードを使った焼き菓子とクッキーをふたりで食べた。

なんてこった、ほんとにアイ・ラード・ユー。アーロンはクッキーを頬張ったまま、テーブルの反対側からそう言った。

笑、とわたしは言った。

そのあと、ストリップモールも取り壊されてしまった。金網フェンスの後ろにはただの空き地しかなくなって、いま、その空き地の前を無言のまま車で過ぎていく先には——アーロンから遠回りの道順を聞いているうちにピンとくる——ロサンゼルス国際空港がある。そこから、どこかに飛ぶのだろう。でも、どこに飛ぶのだろう。ミナレットは二本とも残っていて、無言であたりを見下ろしている。

一度訊かれたことがある。きみが感じていることがほんとうにあるって、どうやったら僕にわかるんだい？

だってほんとうだし、とわたしは言った。

だよな。でも、どうやったら僕にわかる？

ほんとにほんとうなんだって！　わたしの声はうわずったけど、彼はなにも言わなかった。わかんない、とわたしもそのうち言った。

その夏は、気が滅入るくらい暑かった。彼のアパートメントで、ふたりしてずっと閉じこもっていた。まともなエアコンがある場所はどこもお金がかかりすぎる。ビスコット一枚が一ドルだよ、とわたしは言った。そんなところにはいられないよ。黄疸のような色で、やたらとつついてくる鳥たちをアーロンは部屋で放し飼いにしていたから、天井のファンを回すこともできなかった。わたしが自分の感情を解剖して、ずたずたに引き裂いてみせれば、その感情がほんとうにあるってわかる？　それで満足？　とわたしはよく言った。それでどう？　そんなことをしたら感情は爆発して、体液のようにあたり一面にしたたり落ちて、しまいに彼は目を背けるしかなくなる。

いま、そうすることができるだろうか。それを過去にも当てはめられるだろうか。もしもできるな

ら。そんなことができるのなら。

　ここで停めて、とアーロンは言う。ここだ。デルタ航空。ここに搭乗口があるから。国際線出発ロビー、と標識には出ている。わたしがトランクを開けると、アーロンがバッグを取り出す。ふたりで道路脇に立って、なにを言おうかためらう。別れてから、もう七年になる。

　さよなら、とわたしは手を差し出さずに言う。

　おいおい、そりゃないだろ。アーロンは身を乗り出して、わたしを抱きしめる。さよなら。アイ・ラード・ユー。


　元彼は九九人になる。それから五九人。二九人。そして九人。みんな引っ越していく。仕事を見つける。結婚する。家の郵便受けには元彼たちからのクリスマスカードや、ハヌカー（ユダヤ教の祝祭）やクワンザ（アフリカ系アメリカ人の祝祭）のグリーティングカードがどっさり入っていて、家族おそろいのベストを着てアルプスのスキー場にいる写真とか、合成写真の暖炉の前にいる家族写真なんかがついている。そのうち、カードもだんだん来なくなる。残っている元彼たちは出ていかないけれど、そこが本来の居場所ではないみたいにおどおどしている。居残り組は人目につきたくないのだ。家の隅のほうにいる。シアタールームで朝から大音量で映画がかかっていたり、使っていない物置部屋からマリファナの煙がふわりと漂っていたりする。

　一年が過ぎるごとに、奥の棟は縮み、しぼんでいく。老人の金玉がだんだん体のなかに引っ込んでいくように。

チェスター。チャン。チャンドラー。チャールズ。チャド。わたしはみんなが欲しい。

ようやく奥の棟に続くドアを開け放つと、カビが生えた教会の地下室のような匂いがする。エアコンはまだ最大風速のまま稼働している。何年もずっと、そのままだった。エアコンを切る。巻き上がる埃で咳き込みながら歩き回って、窓を次々に開け、壁にあるスイッチを入れていく。電球はどれも切れていて、キッチンの天井のライトがひとつ、きれぎれに明滅するだけだ。リビングでは、何年もゴミが溜まったままの灰皿をきれいにする。タバコの吸い殻、バスの乗車券、カジノのチップ。空の本棚の埃を払う。廊下の物置部屋に古い掃除機があるので、寝室を順番に開けて、掃除をして回る。

部屋に掃除機をかけるのは五分もあれば終わるが、部屋は一〇〇室ある。三番目のドアの前に来ると、掃除機の騒々しい音の奥に、かすかで頼りない音がする。ポケットに入れた小銭がちゃりちゃり鳴っているみたいに。¢、¢¢¢¢、¢¢¢。

わたしは掃除機のスイッチを切る。ごくかすかな音を、どうにか聞き取ろうとする。

¢¢、¢¢¢、¢¢¢¢¢。

歩き回って、ずらりと並ぶドアを次々に開けては、もぬけの殻の部屋を見て、その音をたどろうとする。だれかいる？　と声を上げる。四番目、五番目、六番目のドアを開ける。なにもない。そのまま進む。七、八、九。四九番目まで来たところでようやく見つける。〈夫〉が、古い肘掛け椅子に座っている。会うのは久しぶりだ。両手で顔を覆っていても、稲妻のような白髪が一筋入っているから、歳を取ったことはわかる。ベストを着て、脚を組んでいる。〈夫〉が顔を上げる。頰が濡れているから、痛みを感じているのだとわかる。¢¢、¢¢¢、¢。それは、子鹿のような弱々しい涙の音だ。

白い頬ひげに覆われた、岩がちな山のような顔を流れ落ちている。
わたしは頭を垂れ、〈夫〉の前にひざをつくと、濡れた両手を握る。
呼んでたのに。どうして返事しなかったの？　もう一度言ってみる。どうしたの？
ようやく、〈夫〉は口を開く。$$$。
でも、どう見てもなにかありそうだけど。
$$$$$$$$$$。
もちろん、あなたの名前はわかってる。
$$$$$$。$$$$$$$$$。
もちろん覚えてる。
〈夫〉との出会いは、「ハードル下げてドットコム」でのことだった。自分のプロフィール登録をして最初に会ったのが彼だったのだ。「好きな食べ物」の欄に、わたしはタコスと入力した。「好きなミュージシャン」にはキャット・パワー。自分とだれかとの溝を埋めるために重要だという好みの項目にはすべて入力した。「求めるもの」のところには、二、三年で終わらない付き合いがしたいです、と書き込んだ。長く付き合うとどんな感じがするのか知りたいです。それから、逃げたくはありません。つまり、一途な気持ちを持ちたいんです。ぶれない人でいたいんです。
最初のデートには、スエードのフェラガモのパンプスをはいていった。ヒールが一〇センチはある。大学の卒業式にもはいた。わたしの持ち物のなかでいちばん上等なのがその靴だった。
カーテンを閉め切って暗くなった彼のアパートメントで、ハイヒールを脱いでほしいと言われた。

きみのほんとうの身長を知りたいから、と。

靴を脱いでほしいの？　とわたしは訊いた。

午後三時だった。彼はそのとき、ダウンタウンの高層マンションのかなり上の階で暮らしていた。淀んだ空気は、かなり長いあいだだれも住んでいなかったかのようだった。

両手を持って支えてもらって、フェラガモを脱ぐと、わたしのじっさいの身長はかなり低かった。
$$$$$$。いま、〈夫〉が言う。
わたしは仕方なく〈夫〉に目を向ける。
$、$$$$$、$$、$$$$$、$$$$$$$$$$$$$$、$$$$。$$、$、$$$$、$$$$$$$、$$$$$$$、$$$$$、$$、$$$$、$$$$$$、$$$$、$$$$、$$、$$$$$$$$$$、$$$$$$、$$、$、$、$$$、$$$$$$$$$$、$$$、$$$、$$、$、$$$、$$$$$、$$、$、$$、$$$、$$$$$$、$$、$$$、$$、$、$$$、$$$$$、$$、$$$$$、$$$$$$$$、$$$、$$$、$$$$$$$$$。自分は正しいと確信して、〈夫〉は早口になっている。満を持して姿を現す真理は、スロットマシンが大当たりを出したような音になるのだ。
$$$$$$！　〈夫〉はわたしの両手首をつかんで言い張る。$$、$$$$、$$$$$$
$$？？！！
ドアベルが鳴る。
ちょっと待ってもらっていい？　わたしは〈夫〉に言う。ほんのちょっとだけ。

ドアベルがまた鳴る。わたしは部屋から急いで出て奥の棟を駆けていき、正面玄関に行く。ドアを開けると、警官がふたりいる。のっぽの警官と、ちびの警官。

ごめんください、ロサンゼルス市警の者です、とのっぽの警官が言う。そこで少し言い淀む。どうも、こんばんは。

こんばんは。なんのご用でしょう？

手配中の容疑者の男を捜していまして。家庭内暴力事件――と言いますか、連続家庭内暴力事件ですが。このあたりの敷地に容疑者がいるという手がかりをつかみまして。ちびの警官が写真を取り出して見せる。

ああ。アダムですね。ここに暮らしています。もういなくなったかも。

つまり、アダムをここに住まわせていると？　ちびは用心深い目つきになる。どんな関係ですか？

前に付き合っていました。しばらくここで暮らしていました。いまもいるかどうか。

のっぽは話を止め、唇をなめる。彼に殴られたりは？

あります、と、わたしはしばらくして言う。

いつのことですか？

いまから……頭のなかで年数を数える。ええと、少なくとも一〇年前です。

のっぽとちびは目を見合わせる。しばらくして、ちびが口を開く。それはもう時効ですね。

じゃあどうして言わせたんですか？　わたしはカチンときて言う。ふと頭をよぎる光景――血だらけの枕が、スーツケースに収められ、寝室のクローゼットのいちばん上の棚に置いてある。

よろしいですか、とのっぽが言う。その男には前科があるんです。家庭内暴力だけでなく、拳銃の不法所持もあります。

そんなのちっとも知らなかった。わたしは面食らう。知ってたら、ここに住まわせるなんてことはしませんでした。

〈夫〉が玄関に来て、頭を突き出して覗いている。パジャマ姿の子どもたちもいる。どうしてまだ起きてるの？　と子どもたちに言う。もう遅い時間じゃないの。

娘が呆れた顔をする。ママさあ。まだ一〇時過ぎだよ。うちらのこと何歳だと思ってんの？

このお巡りさんたちはアダムを捜してるんだって。最近見かけたりした？

あ、さっき見た、と息子が言う。ほんとについさっき。どっかに行くつもりだって言ってた。

ここはわたしに任せてもらって、とわたしは言う。

よろしいですか。のっぽが一歩前に出てくる。彼を見つけ出すのは我々に任せてもらいますので。

でも、昔付き合っていたんです。

入れていただいても？　とのっぽは言いつつ、もう片足をドアの内側に入れている。捜査令状を取ることにはしたくありませんので。

わたしはためらう。入ってもいいですけど、わたしが彼を捜します。子どもたちが、奥のドアに向かって走り出す。待ちなさい！　とわたしは叫びながら、そのあとを追って小走りになる。

だって、アダムがどこにいるかぼく知ってるから！　と息子が叫び返してくる。さっきまでいたんだ！

待ってください！　とちびの警官が怒鳴る。

子どもたちが先頭を走る。陸上の学校対抗戦で優勝したくらいだから、ふたりとも足は速い。家のなかをぱたぱた走っていき、ソファーやオットマン、肘掛け椅子を楽しそうに飛び越えて、サイドボードやフロアランプをなぎ倒していく。

待ちなさい！　わたしは声を張り上げる。

子どもたちは奥の棟に通じるドアを突き破っていき、そのすぐ後ろをわたしが追う。子どもたちは縮んで短くなった廊下を走っていき、残っているドアを次々に開けていく。遠くのほうで、耳慣れたぜいぜいという息づかいが聞こえる。それから、ドアがばたんと閉まる音。

外に逃げた！　と娘が叫ぶ。

外に出ると、わたしは一瞬立ち止まって、何エーカーも広がる大きな丘を見渡す。動植物が野放しで増えている丘のほとんどが、わたしたちの所有物だ。丘を下り切ったところにフリーウェイが一本走っている。寒い。みんなの吐く息が白くなっている。

満月が出ている。子どもたちの金髪が体の後ろにふわりと広がり、光輪のように頭のまわりを囲んでいる。

待ちなさい！　わたしはまた叫ぶ。後ろからはべつの足音がしている。だれがだれを追いかけているのか、もうわからない。子どもたちは彼を追っている。わたしが追っているのは子どもたち。〈夫〉が追っているのはわたし。ロサンゼルス市警が追っているのはわたしたち。わたしたちが追っているのは彼。

あっちに行った！　と息子が声を張り上げて、左に向きを変える。

子どもたちは同じ方向に走っていき、待ちなさい、とわたしが言うのもむなしく、そのまま進んでいく。〈夫〉とのっぽとちびが、少し遅れてあとを追う。わたしはその反対方向に走り出す。ふとした人影というか動きというか、記憶のようなものをとらえたのだ。丘のそのあたりでは、まわりがかなり見えづらい。地面はでこぼこしているし、石や小枝ややぶの草なんかもある。低木の棘が肌を引っかく。マツの木にシャツが引っかかる。サンダルに小石が入り込んで、足の裏が切れてしまう。

彼のぜいぜいという息が聞こえるような気がするけれど、それはじつは自分の息かもしれない。ひたすら走って走って、走り続ける。走っているうちに、もう息が続かなくて、走れなくなる。あぁぁぁーーーーもう！　と叫ぶ。目の前がぼやける。脇腹に痛みが走り、そこをつかむ。まばたきすると、目の前がはっきりする。遠くに、ひとつだけ明るい窓ガラスがあって、その奥にいる女の子が見える。〈楽園《エル・パライソ》〉のアパートメントのキッチンに裸足で立っていて、夏物のワンピースを着ている。金曜日の夜。これから出かけるところだ。靴をはいて、上着を羽織ろうとしている。女の子は窓の外に目をやる。ほんのわずかな、ありえないような一瞬、間違いなく、わたしを見つめている。そして明かりを消す。

　そのとき、彼が目に入る。二、三メートル先にある木の後ろに立っている。そんなに大柄ではないけれど、ひょろっとしているわけでもない。顔が見える。頬のあたりがふっくらしていて、いまだに子どもっぽさが抜け切らない。明るい色の目、黒い髪。いつだって、口は微笑みの形に固まりそうで、なにもかもきっと大丈夫だよと言いたくてうずうずしている。いつだって、もうこんなことはぜったいにしないと空約束《から》をする。わたしたちは固まって、おたがいをじっと見つめる。彼は落ち着いた、用心深い息づかいになっている。樹皮に当てた指が、不安げに広がる。彼の息のことなら、自分の息のようによく知っている。指の関節の皮膚がすり切れたその手のことも、自分の手のようによく知っている。

木の後ろから出てくる彼の顔に、影がさっとかかり、何年も離ればなれだった旧友みたいに挨拶してくるかと思ってしまう。コーヒーでもどうかな、と言ってきて、〈スターバックス〉ですべてを丸く収めることになるのだろうか。彼は一歩出るけれど、それ以上は近づいてこない。近づきたければいつでもそうできると見せつけられてようやく、わたしは自分の立場の弱さを悟る。わたしはひとりだ。

それでも。

止まれ！　とわたしは怒鳴る。

彼の顔色が変わる。また走り出す。それがすべてを語っている。わたしも丘を走って下り、全速力で駆けていく。あまりに一気に加速するので、自分が走っているのか転がり落ちているのか、倒れ込んでいってるのかわからない。ほんとうに捕まえたら自分はどうするつもりなのかはわからない。押さえ込むのは無理だ。逮捕はできない。でも、すぐ近くに迫っているから、彼の両腕の後ろ側に鳥肌が立っているのがわかる。それくらい近くにきてようやく、ぜったい、ぜったい捕まえたいと自分が思っていることに気がつく。ほんとにほんとに捕まえてやりたい。彼の体を嚙み砕いてやりたい。体じゅうにわたしのゲロをぶちまけて、酸性の液体まみれにしてやりたい。彼のなかに一〇〇万人の赤ん坊を解き放って、その子育ての負担を味わわせてやりたい。

フリーウェイのほうに追いかけていく。信号、あちこちでクラクションを鳴らす車。それぞれの車のラジオから流れる曲はごちゃまぜになって、傷心と破滅、傷心と思い出、傷心と憎しみを歌っている。それはもっと深く親密なものなのだ、と。

手を伸ばす。あと少しでシャツをつかめる。彼の肌の温もりが伝わってくる。汗のつんとする匂いもわかる。彼が跳ぶと、わたしの手はもう届かない。

でも、あと少しだ。あと、ほんの少しのところにわたしはいる。

オレンジ

ある日の夕方、オフィスから出るときに、アダムを見かけた。通りの向かいにある住宅用高層ビルの回転扉から出てくるところだった。左に曲がり、メインストリートのほうに歩いていく。私には気がついていない。彼が人混みに紛れるまで、私はしばらく待った。

反対方向に歩いていって、べつの駅から電車に乗ろうかとも思った。でも、と考えた。わざわざべつの道を歩くとすれば、それをやるべきなのは彼であって、私ではない。

アダムはその地区で働いていた。最後に会ったときは、ダウンタウンに住む金持ち向けに犬の世話をする会社で働いていると言っていた。一日じゅう、高層の住宅を出たり入ったりして、血統書付きの飼い犬を連れ出し、散歩をさせて遊ぶ。そのあとはずっと会っていなかったから、生活が変わったのだろう、新しい仕事を始めたかべつの街に引っ越したのだろうと思っていた。

いつもの道を駅に向かって歩いていくと、またアダムの姿が目に入った。もしかすると、人違いかもしれない。でも、黒光りするＳＵＶ車や高級店のショーウィンドウなんかに次々に映る姿を見ると、あの顔だし、あの猫背ぎみの姿勢だし、扁平足っぽい歩き方も彼のものだとはっきりわかった。ジーンズのほつれた裾が、歩道にこすれていた。

アダムは衣料チェーン店の前でしばらく立ち止まった。ショーウィンドウには、偽物の雪をうっすらかぶったウールのコートを着て、顔のないマネキンたちが立っている。私は歩調を遅くして、数歩分の間隔を保とうとした。それも意味はなかった。店の扉から手を離して、入らないことにした彼は、まっすぐ私のほうを見たのだ。

私は固まった。

アダムはほんの一瞬私と目を合わせて、それからくるりと向きを変え、そのまま通りを歩いていった。しばらくして、私は気がついた。マフラーをしているから、私は顔が半分隠れているのだ。

気づかれなかったことで、大胆な気分になった。私たちは電車の駅を過ぎて歩いていった。アダムとの距離を少し短くした。彼がだんだん小さくなって、視界から消えそうになると歩調を速めて追いつく、ということを繰り返した。もう見失ったかと思うと、また視界に入ってくる。

Eメールが届いたのは、数年前のことだった。夜に、受信ボックスに入っていた。差出人はクリスティンという女性で、アダムの元恋人だと名乗った。付き合う前は気さくな友達付き合いをしていて、それから彼女のところで同棲するようになったという。最近になってクリスティンの家での事件があり、アダムは逮捕され、重罪家庭内暴行と二件の軽罪で起訴された。それに続く文面は、それぞれの罪状を吟味しつつ、アダムがなにをしたのかを説明していた。「気を失う寸前まで首を絞めてきた」

こと。「顔を殴ってくるなどした」こと。警察に通報したのは、クリスティンの息子だった。

私がアダムと付き合っていたのはずっと前、大学二年生のときだった。バイト先のレストランでの責任者がアダムだった。そのメールの内容には目から鱗が落ちると同時に、驚きはなかった。

クリスティンは、慎重に頼みごとをしてきた。統計的に見て、私に対してもアダムが虐待をしていた可能性は高い。もし、過去の恋人たちも同じ経験をしていたという証言を得られれば、彼女の裁判の助けになる。「あなたに対する行為はすでに時効になっているかもしれませんが、過去にも同じことがあったという証言は、そのような傾向ありという証拠として現在の裁判で採用してもらえるはずです」。私とアダムのあいだでどんなことがあったかを知っているわけではないと彼女は率直に述べていた。でも――

似たようなことはありましたか?

それに続けて、事件番号と、その裁判を割り当てられた州検事補の連絡先、アダムの名前で検索すれば裁判記録が出てくる郡巡回裁判所のウェブサイトのリンクがあった。

そのリンクをクリックした。彼の名前で検索してみた。

すると、逮捕記録と、いままではぶよぶよした童顔のマグショット（逮捕後に撮られる顔写真）が出てきた。じっくり見てみないと、彼だとはわからなかった。カメラを正面から見つめるのではなく、視線が少しずれている。色の薄い瞳はぼんやりして、まるで意志の力で幽体離脱したあとのようだ。それでも、うっすら笑っている表情は、自分は「体制」への抵抗を続けるという英雄的選択をしたのだとでも言いたげだった。

あとをつけていくと、近くにあるスーパーマーケットの緑っぽい照明のなかに入っていった。古いロースト肉の匂いがする、昔ながらのチェーン店だ。私は通路でぐずぐずして、ときおり、マラスキーノチェリーの瓶やコーシャ（ユダヤ教徒が食べてよい食品）のトリュフチョコの箱の栄養表示を確かめるふりをした。アダムはゆっくり進んで、値段を見比べながら、スパゲッティを二袋、クラッシュトマトの箱をいくつか、玉ねぎ、調味料の瓶を一本かごに入れていった。そういえば、自炊でイタリアンをよく作る人だった。

携帯電話が着信でぶるっと震えた。マッチングアプリでその日の夜に会うことになっている男性からの確認メッセージだった。私はいつもよりもおしゃれをしていた。黒のワンピースの上に綾織りのブレザーは、その季節にしては薄着だった。一時間前に、頰骨にさっとハイライトを塗って、ホテルのバーの落ち着いた照明だとどう見えるかを計算していた。

そのメッセージは無視した。

なにか買うものがあったほうがいいので、レジの列でウエハースクッキーの箱をひとつつかんだ。もし彼に見つかっても、おや奇遇だね、ちょうど買い物してた、と言える。隣の列で順番を待っていると、レジ係が彼と言い合いになっているようだった。

「いいえ、クラッシュトマトの箱はひとつ一ドル九十九セントじゃなくて、三ドル九十九セントです」とレジ係の女性は言った。「カードを読み取りますか、どうしますか？」

「読み取ってくれ」アダムはうなずいた。

「承認されませんでした」レジ係はチューインガムをぱちんと弾けさせた。「いくつか買うのをやめますか?」

「ええと、ちょっと待って。列の後ろに行って、決めてもらえますか?」

「クラッシュトマトの箱をひとつと、ドライバジルをやめる。もういっぺんカードを試してもらえるかな?」

「あのですね、あれこれ試してどうなるかっていう話じゃないんです。いくら使えるのかは知っておいてもらわないと」余計なひと言だったけど、どうも、と彼がお礼を言う様子から、彼女にこう言われるのはこれが初めてではなさそうだった。クレジットカードが無事承認されると、私はクッキーの箱を棚に戻して、彼のあとについて店から出た。


最後にアダムに会ったのは、クリスティンから最初の連絡が来たあとだった。彼の古いメールに「返信」を押して、「最近どうしてるか」知りたいかと訊ねてみたのだ。そうして、数日後に会った。仕事上がりだった。高級食品店の裏手にあるカフェに、ささやかな座席エリアがあった。トレーを自分で持ってカウンターに注文しにいく、食堂スタイルの店だった。

「ここは僕が払うよ」と、支払いに行くとアダムは言った。私はサンドイッチを、彼はスープを注文していた。レジの横には、オレンジの入った大きなバスケットがあった。アダムはひとつつかんだ。「オレンジはひとついくらですか」とレジ係に訊ねた。値段は二ドル九十八セント、オレンジ一個にしては相当高い。それとも、申し分のないお手頃価格だったのかもしれない。テーブルを見つけて腰を下ろすと、アダムが買ったオレンジがトレーから転がって床に落ちた。ふたりで椅子の下とか隅のほうを捜したけど、出てこなかった。べつに欲しかったわけじゃないから、とアダムは言った。「ほんとに？」私は何度も言った。「店に話してみたら、代わりに一個もらえると思うけど」

彼は肩をすくめた。「いや、いいんだ。いらないから」

アダムは罪状を認めて和解し、三十日間の服役という判決に同意していた。そして、十六日が経ったところで受刑態度良好により出所していて、私と会ったときは仮釈放中だった。そうした事情が私に筒抜けだとは、彼は知らなかった。どこか人が変わったように見えるだろう、と私は思っていた。見た目は前と同じで、少し老けただけだった。

調子よく、和やかに会話をした。うわべだけは。私は仕事の話を少しして、法曹協会のコピーエディターをしてる、と言った。彼は犬の散歩のことを話題にしたけど、もっぱら、客がいかに金持ちかという話だった。別荘とか旅行とか、仕事とか人脈とか、客のことにはかなり詳しそうだった。べつの人生でなら、彼はそういう人たちのことを小ばかにしただろうけど、いまはその世界とのつながりを自慢しているようにすら見える。昔一緒に働いてた人たちとまだ連絡を取ってたりするの、と私は訊ねた。パブ付きのグリルレストランで働いているときに彼と出会ったのだ。私は給仕のバイトをしていて、彼はバーテンダーをしつつ新人テーブル係の研修も担当していた。私の言葉をきっかけに、彼はせきを切ったようにそのころの思い出を話し始めた。「そんなにいろいろ、まだ覚えてるんだね」

と私は言った。

「僕の記憶は映像記憶だから、覚えてないの？」ちょっとからかう口調だった。

「すごく偏ったことを覚えてたりするよね。人が失敗したこととか、恥ずかしい思いをしたこととか」私は笑顔になって、冗談めかした雰囲気にした。

「いや、ぜんぶ覚えてるんだ。ゾウがなにも忘れないみたいにさ」彼は微笑んで、話題を変えた。

「ところで、母さんがよろしくって」

「そう、じゃあ私からもよろしくって伝えて」

「先月ちょっと実家に帰ってさ、母さんのところに泊まった。夜に友達が何人か来たときがあって、トランプして遊んでたんだ。どうしてきみの名前が出たのかはよく覚えてないけど、母さんがアジア人について強烈に人種差別的なことを言い出した。あんまりひどくて耳を疑ったよ、それでさ、ママ、なに言ってんだよ！って――」

「でも、どうして私にそんな話をするわけ？」私は感情を消した声にした。

彼は肩をすくめた。「どうしてかな。まあ、ちょっとおもしろいからかな、人には裏の顔があって――」

「人種差別があるのなんて、教えてもらわなくっても知ってる」彼がだれかに責任を負わせつつ、私を動揺させようとしているように思えた。

カフェは十五分後に閉店します、と大音量の放送が流れた。私のサンドイッチはほとんど手つかずで、彼はスープを飲み干した。ゴミ投入口の近くにトレーを返却すると、「それは持ち帰りにするの？」とアダムが訊ねてきた。

「いいえ」と私は言って、食べなかったサンドイッチを捨てた。

外に出た。歩道で、おたがいにさよならを言った。立ち去ろうと背を向けたとき、一杯飲まないか、とアダムは言ってきた。

なんて気楽に言ってくるんだろう、と私は思った。「もう帰らないと」

「そっか、じゃあ、会えてよかったよ。飲むのはまた今度にでも」

「うん、また今度にでも」私はためらいがちに言った。「じゃ、会えてよかった」

「あのさ」最後に、彼が腕に触れてきた。「楽しかったこと、ぜんぶ覚えてるから」

「そう、私はあなたに殴られた夜のこと覚えてる」

アダムを見つめることはしなかった。視線はずっと、通りの向かいにあるレストランに向けていた。

テーブル席には、デート中のカップルが何組もいる。窓の前を、若い女性が通りかかる。持っている
ジムのバッグには、**自分の人生のＣＥＯになれ**と書いてある。

目を戻すと、彼は立ち去っていくところだった。


その夢は、じっさいには夢というよりも、寝ているときに繰り返し再生される記憶だった。オレンジが彼のトレーから消えていくのを眺めて、もう一個もらえばいいよ、と言っている自分の声を聞く。彼は首を横に振って、もういいよ、そもそもオレンジは欲しくなかったから、と言う。すると私はまた、もらってきなよと言う。お金払ったんだし。オレンジ一個の貸しがあるってことだから。彼はオ

レンジが好物で、フルーツのなかでいちばん好きだった。たまに優しさを見せることがあって、私の具合が悪いときにはオレンジの皮を剝いてくれた。オレンジはビタミン調剤薬局みたいなものだよ、と言っていた。

彼はまた嫌がって、もういいんだ、そこまですることないから、と言う。

そこまでって？　やって損することなくない？　と私は言う。代わりのオレンジをもらえなかったからって、べつにどうってことないし。

彼は万事につけてそんな調子だった。簡単にどうにかできることでも、ほかの人と交渉する必要があればひたすら避ける。電話料金の請求書に説明なしの追加料金があっても、電話会社に問い合わせようとはしなかった。一度、インフルエンザにかかったときには、上司に電話すればいいのに無断で欠勤して、その仕事を失った。まだ車を持っていたころ、手違いで駐車違反の切符をもらってしまったのに（駐車禁止の看板はまだ出ていなかった）、異議申し立てをするよりも切符を無視することにした。申し立てをせず、罰金を払いもしなかったので、車に車輪固定具をつけられるはめになった。それでも、なにもしなかった。もちろん、車は没収された。それを取り戻そうともしなかったし、新しい車を買おうともしなかった。そのまま車なしの生活に入った。

この夢が出てくるといつも、目を覚ます直前に、すべてが一気に見て取れる瞬間がある。どうして彼が、親しい人には残忍だったのかを悟る。どうして私を殴ったのかがわかる。

外は暗くなりかけていた。アダムのあとをつけてスーパーマーケットの駐車場に入ると、彼はビニール袋をかさかさいわせながら、そこをさっさと横切った。遠くでは雷雲が大きくなってきていた。

私たちはコンクリートの橋で川を越えた。いくつか街灯が故障していて、下を流れる水はよく見えなかったけど、ごぼごぼという巨大な音は聞こえた。巨人が水を飲み込もうとするような音だった。そのあとは、がらんとした駐車場がさらに続いて、屋内駐車場、大規模小売店、そして古いダイナーがあった。ダイナーの革張りの茶色い座席を見ると、そこで一度アダムと食事をしたことがあるのをふと思い出した。彼はダイナーとかタコススタンドとかデリカウンターが好きだった。プロレタリアートの営業所だよ、と絶賛していた。でも、そうした店が値上げをすると行かなくなり、あそこも魂を売った、よそと同じだ、と言い張るのだ。「じゃあ、プロレタリアートはどうやってまともな賃金をもらうの？」と私は訊ねてみたことがある。

「まともな賃金なんてものはない」と彼は答えた。それで話は終わりだ、と言わんばかりだった。

人気《ひとけ》のない、落書きだらけの地下道を通り抜ける。ハトの糞や羽毛があちこちに飛び散っていた。ホームレスが寝泊まりしないように金網フェンスで分割してあるエリアに入った。

私のマフラーは緩んで、顔が出ていた。もし彼が振り返れば、どうしたって私だとわかってしまう。歩調を速くすれば、手を伸ばして触れられる。彼の靴のかかとを踏んで、どうなるのかはお楽しみ。

地下道から出てくると、私たちは三叉路を渡った。歩行者信号は故障していた。通りの向かいには、老朽化したアパートメントの建物が並んでいて、彼が錆の色をした建物の玄関口で足を止めたので、いまはそこに住んでいるのだとわかった。鍵を捜してあちこちポケットをまさぐる彼の姿を見て、私は驚いた。こんなに早く終わるとは思っていなかったけど、もう三キロくらい歩いていた。

三階建ての、家族向けアパートメントだった。「入居者募集中」という張り紙がテープで留めてある建物の玄関は、扉がきちんと閉まらないようだ。鍵を見つけるのに少し苦労したあと、彼は扉を開けて、建物のなかに消えた。

霧雨が降り始めた。通りの向かい側に、アクリルガラスを張ったバス停留所がある。そこからバスに乗れば、少なくともダウンタウンには戻れる。そこまで遅くない時間なら、あのホテルのバーに行ける。

私は通りを渡って、ベンチに腰かけた。こんなことは初めてだ、と思った。ここに来るのは初めてだ。

バス停の広告には、郊外で開発中の住宅地が載っていた。クリスティンがいま暮らしている地域だ。クリスティンはそこに家を買って、私を招待してくれた。「うちの裏庭でピクニックをしましょう。この件で関わりのある人をみんな招待するから、顔合わせもできる」

「どうしようかな」と私は言った。アダムの元恋人たちとの親睦会をして、みんな共通してひどい目に遭ったことをきっかけに友情を育むなんて、あまりに気が滅入る。あとで、行けばよかったと後悔した。

通りの向かい側で、窓のひとつがぱっと明るくなった。アダムの姿がふたたび、窓のなかに現れる。半地下の、いちばん下層にあるアパートメントだった。

彼はキッチンにいた。天井にひとつだけある明かりの下で、片手鍋でお湯を沸かしていた。散らかったキッチンで、樹脂のカウンターの上には調味料の瓶がごちゃごちゃ置いてあったけど、彼は段取りよくきっちりとした動きで料理をしていた。料理が得意だと思っているから、心が落ち着くのだ。スパゲッティの袋を手に取り、出した麺を半分の長さに折って、鍋にうまく収まるようにした。クラッシュトマトの箱を開けて、べつの片手鍋で温めた。

あと五分でバスが到着します、と私のアプリには出ていた。

もうひとつの窓の明かりがついた。彼のいる部屋の隣だ。真っ先に私の目にとまったのは、不機嫌そうな顔の磁器人形《ビスクドール》が何列も並ぶ大きな本棚だった。隣の部屋にいる住人は若い女性で、ちょうど仕事から帰ってきたところだった。彼女がトートバッグを床にどさりと置くと、アダムが部屋に入ってきた。ふたりは抱き合った。

アダムはそのトートバッグを拾い上げ、壁にあるフックにかけた。ふたりでソファーに座った。その日のことを報告し合うふたりの顔が、私には見えた。アパートメントにいるふたりからは、外は暗いので遠くまでは見えない。逆に、明かりのついたその窓は、私にとっては映画のスクリーンみたいだった。

そして、私は我慢できなくなった。信号を無視して通りを渡った。窓のそばに立ち、ふたりの生活を覗き見した。おそらくは彼女が借りているアパートメントで、アダムが居候しているのだろう。それがいつものやり口だった。女の子を見つけてはヒルみたいに吸いつき、そのうち家に転がり込む。

ふたりはただソファーに座って、テレビで夜のニュースを観ている。

CMに入ると、アダムは立ち上がってなにかを言った。スパゲッティの茹で具合を見てくる、とかだろう。
私が背を向けかけたそのとき、顔を上げた彼と目が合った。

私を見つけたのはアダムだったけど、外に出てきたのはちがう人だった。私が立ち去ろうとしていると、路地にある裏口から彼女が姿を現した。アパートメントにいた女の子だった。「こんにちは、ベスです」と尖った口調で言うと、私の手のほうに片手を差し出した。

「こんにちは」と、私はそれなりに親しげな声音で言った。ベスの握手は穏やかだった。プリントTシャツにミニスカート、ドクターマーチンのシューズという恰好だった。間近だとさらに若く見えた。大学を卒業したばかりだろうか。

彼女はずばり切り出した。「アダムが言うには、スーパーマーケットからあなたにつけられてるって」

「じつは、その前からなんだけど」そして、隠すことなんてないので、「前に彼と付き合ってた」と付け加えた。

「オーケー」彼女は驚きを顔に出さないようにしていた。「でも、だからってあとをつける理由にはならないと思う」そこで言葉を切って、私がすぐには答えずにいると、話を続けた。「どう訊いたらいいかよくわからないんだけど、その、なにがしたいの？」

「なかに入りたい」と、私はきっぱり言った。

彼女の頬が緩みかけた。「私たちがあなたを部屋に入れるべき理由は？」

「あなたが私を入れるべき理由でしょ」と私は訂正した。「あなたのアパートメントだと思うから」

「それは合ってる。二年前からここに住んでる」

「やっぱりね」知っていた、というみたいに私はうなずいた。「じゃあ、彼じゃなくてあなたが決めるわけね」

「あのね、私からアダムに、警察は呼ばないでおこうって言ってある」私を思いとどまらせようとする、彼女なりの最後の切り札だった。

「彼は警察を呼んだりしない。逮捕されたから、まだ裁判所の令状が出てる」

「令状ってなんの？」今度は彼女も驚きを隠せなかった。

「前回の仮釈放面会をすっぽかしたから」私はその言葉を嚙みしめてもらった。「雨が降ってきてるね」と彼女に気づかせた。

彼女の指が扉を開けた。「わかった。えっと、入ってもいい」と、ついに言った。そして、自分でも冗談のつもりなのかわからないみたいに付け加えた。「極端なことはしないってお願いしたい」

私はむっとするふりをした。「私って、そんな極端なことしそうに見える？」

彼女は不確かそうに微笑んだ。「それはどうだか」でも、知りたがっていた。扉を開けてもらって、私は階段を下りて彼女のアパートメントに入った。

あの夜についていちばんよく覚えているのは、すぐにアダムが母親に電話したことだ。朝まであと数時間というときの出来事で、彼はほかに行くあてがないので犯行現場に残るしかなく、そわそわと落ち着かないまま、ブラインドの外の空はだんだん明るくなっている。私の寝室を歩き回りながら、彼はその夜のあらましを電話の向こうにいる母親に語っていた。かなり遅い時間だったから、母親が寝ているところを電話で叩き起こしたのだろう。「それで、彼女を殴った」とアダムは言った。「それで、そんなことしなきゃよかったんだけどさ」そこで言葉を切って、回線の向こうからの声に耳を傾けた。「いや、警察を呼ばれてはいないんだ。だれも警察は呼んでない」

母親がこの件を相談されたのは初めてじゃないんだ、と私は横で聞いていて悟った（部屋から出してもらえなかったのだ）。母親はもう、息子が受けるダメージを最小限に抑えるにはどうすべきかを考えている。驚く思いはどれも、遠くにあるように感じられた。殴られたのは初めてだったけど、同棲するようになってからほかの面で生活はひどいものになっていた。

そうしたことを、クリスティンには洗いざらい電話で話した。「まったく、あの母親ときたら。いつだってあのふたりはなにかしら喧嘩してた」とクリスティンは言った。「彼がひどいことをやらかすたびに、どうやって切り抜けるか親子で頭をひねるわけ」

クリスティンには一度、直接会ったことがある。日中の、堅苦しいレストランで会食したのだ。ふたりともぎこちなく、あれこれ話をしつつもアダムの話題は避けていた。伝票が来ると、クリスティンは立ち上がって言った。「まあ、部屋にゾウがいるのに無視する感じで、今日は肝心の件は見て見ぬふりってことになったね。だから、そのうち電話してもらえる？」一週間後に私は電話して、そのあと何度も夜に話をして、電話口ですっかり夢中になっていた。こっそり何時間もやりとりを続けるなんて、高校生のとき以来だった。

一緒に暮らすには退屈な男だったし、ほかにも問題はあった、と私はクリスティンに言った。彼は、ひとつも自分のやり方を曲げようとしなかったのだ。キッチンでは後片付けをせず、電気加熱コンロの上に小麦粉や調味料が飛び散ったままにして、ガスレンジのほうが優れてると講釈を垂れる。洗い終わった自分の洗濯物の山を私の部屋の床に置きっぱなしにして、たたみもせず必要なときにそこから取って使う。私のラップトップを平気な顔で使う。居間のスペースはきちんとしてほしいと、私のルームメイトからも軽く頼まれたりすると、その部屋の家賃を払ってもいないくせに気色ばむ。彼にとっては、自分のやり方だけが正しく、自分にとっての現実がすべてなのだ。「でも、そうした欠点にはあとからじゃないと気がつかなくて」と私は言った。

「私もそうだった。だからって、自分を責めちゃだめだよ」とクリスティンは言った。「続きを話して」

「続きって?」

「その夜の出来事の続き。彼が母親に電話して、そのあとは?」氷がからんと鳴る音がする。クリスティンが自分のグラスに酒を注ぎ足したのだ。

「えっと、部屋から出してもらえなかった。だから、電話でなにを言っているのかはぜんぶ聞こえてた」と私は言った。あの夜の出来事のひとつひとつは、あまりにゴシック的で、信じてもらえるとは思えなかった。

「どうかな」と、アダムは母親に言った。ベッドで横になっている私のほうにさっと目を向ける。「どうかな。ちょっとした青あざがあちこちできてる。その、血が出てるとかじゃない」照明はついていなくて（つけさせてもらえなかった）、彼には自分が与えた傷とか、枕やシーツや壁についた血は見えなかったはずだ。小さな男の子が、細かいところをごまかして自分は悪くないと言い繕おうとしているみたいだった。

どれくらいの怪我をしたのか、私にはわかっていなかった。顔はまだ腫れ上がっていなかったし、ずきずきする感覚はあっても、痛みはだいたいアドレナリンで中和されていた。唇が切れていることも、殴られた目のまわりが黒ずんでいることもわかってはいた。

母親と話をする彼は、後悔と怒り、悪いのは自分だという思いと悪いのは私だという思いのあいだで揺れ動いていた。「それはないと思う。喧嘩になったんだ。彼女、理不尽でさ。あんなことしなきゃよかった」とまた同じことを言ってから、彼は口を閉じて話を聞いた。私のほうを見た。「起きてる。寝てないよ。すごく静かにしてる」

どこかで、私は知らぬ間に眠ってしまったのだろう。

「彼は謝りはした」と私はクリスティンに言った。「電話を切ったあと、どこかの時点で、『ほんとごめん』って何回も言ってた。まるで、母親にその出来事のダイジェスト版を話したらやっと、自分がなにをしたのかわかったみたいだった」

「私にも、いつも謝ってた」

「朝になったら、ちょっとしたプレゼントを買ってくれた」と私は続けた。「ちょっとしたお詫びの品を」彼は散歩に出かけて、朝食とレコード店でＣＤを買って帰ってきた。

「レコード店に寄ったの？」クリスティンはばかにするような笑い声を上げた。「なんていうアルバム？」

「*Exile in Guyville*（一九九三年にリリースされたリズ・フェアのデビュー・アルバム。フェミニストに多大な影響を及ぼしたとされる）」

クリスティンはふうっと息をついた。「ひどい皮肉だね」

「そのあとは私、しょっちゅうそのアルバムを聴いてた」殴られたことで、そのアルバムへの愛着がなくなりはしなかった。

「ほんとかわいそうに」

クリスティンのほうの話が出ることはなかった。彼の暴力的な傾向が年を追うにつれてひどくなったということは、私にもわかった。それに、クリスティンはもう散々そのことを話していた。警察に、弁護士たちに、協力してくれる証人を探すなかで彼の元恋人たちに。

真夜中をかなり過ぎて電話を切るころには、私はごちそうを食べた満腹感と空っぽになった感覚の両方に見舞われた。あのころのことを考えたのは数年ぶりだった。突然の、強く抱きしめるような親密さはうれしかったけど、秘密にしてきたことを話して、心理的に瀉血《しゃけつ》を行うという荒療治をしたせいで頭がくらくらした。

ほかにも電話をしたときはあったけど、あの濃密さは続かなかった。おたがいに日々の出来事を話しているときには、彼女の集中が途切れがちなのがわかった。でも、アダムについて、私たち両方が経験したことについて話すのは、ふたりともうんざりだった。私たちはトラウマを処理しているのだろうか。それとも、単に追体験しているのだろうか。クリスティンは連絡を取ったほかの元恋人たちとも同じことをしているのだろうか、と私は自問した。数週間すると、疾風のような電話での会話はなくなった。ときおり、ショートメッセージかEメールでやりとりするようになった。

私はソーシャルメディアに目を向けた。実名は伏せて、元彼にされたことを連続投稿した。あふれるような同情と哀れみが、たいていは女性たちから、熱烈かつ怒りに満ちた形で寄せられた。それに後押しされた私は、女性嫌悪《ミソジニー》や虐待のサバイバーであることや家父長制について、もったいぶって語った。ハッシュタグだらけの投稿はしだいに独断的かつ政治的な主張になっていったけど、だからといって私の言葉が真実から遠ざかってしまったわけではない。それは自分の物語を「自分のものにする」ことだ、と私は思っていた。でも、人目のあるところで「自分のものにする」ことを始めると、私のアイデンティティーは固定された枠に収まって単調になってしまった。あらゆる人から、なによりもまず被害者であるとみなされてしまう。頼んでもいない同情を投げ込まれるゴミ箱になってしまった。こっそり、私はアカウントをすべて削除した。

一度、ダウンタウンの通りでクリスティンとすれ違ったことがある。彼女はこちらにうなずきかけて、そのまま歩いていった。私はまったく腹が立たなかった。

だれにも話さなかったことが、ひとつある。ルームメイトがアダムを追い出したあとも、私はときどき彼に会いに行っていた。彼は新しい住まいを見つけていた。二十四時間営業のコインランドリーの上階に、三人で共有《シェア》するアパートメントだった。そこで数か月彼と会って、そしてやめた。彼より年下のルームメイトがふたりいて、それぞれの部屋が、蛍光灯で緑色に照らされた廊下でアダムの部屋の両隣になかったら、私はそこに戻らなかっただろう。もし彼がひとりで暮らしていたなら、そこに戻らなかっただろう。それでも結局、私は戻っていった。

外から覗いたアパートメントは低俗に見えたけど、入ってみると明るくて楽しそうだった。ベスはレトロな一九五〇年代風の家具が好みだった。自分がどんな人間かは趣味で決まると信じている若い人らしく、部屋は気合いを入れて飾りつけてあった。頭上の陰気な照明は、ティキ（ポリネシアの神像）をテーマにしたフロアランプを並べて補っている。本棚に並んだ人形ですら、雷鳴がとどろくと目が泳いで陽気な感じだった。「人形のことを訊かれたりする？」と私は言った。

「みんな変だって思うみたい。でも、私は人形店で働いてて」とベスは言った。「不気味に見えるけど、私は気に入ってる」人形には歴史上有名な女性の扮装をさせてあった。エリザベス女王、聖母マリア、エミリー・ディキンソン。

フリーダ・カーロに扮した人形を、私は指した。「あれ、いいね」

アダムはキッチンから入ってきたところで足を止めた。私を見て、それからベスを見た。「話をしてくるって言ってたんじゃないのか」

「雨が降ってるし、話ならいましてる」とベスは言った。私のほうを向いた。「これからご飯にするから。よかったら一緒にどう？」こんな状況でも、客に自分の家を自慢したいみたいな雰囲気だった。

「どうも。しばらくご一緒させてもらうね」私は気取らず、人当たりのいい感じを出そうとした。

アダムは私のほうを見なかった。ベスに訴えた。「元カノなんだ」

「知ってる。そのことは言ってくれなかったよね」ベスは言葉を切って、テーブルのほうに身振りをした。「さあ、座りましょう。話くらいはできるでしょ」

私は席についた。合成樹脂のテーブルは濃い青緑色で、赤いギンガムチェックのランチョンマットが置いてあった。取り分けて食べるスパゲッティの大皿と、木製のサラダボウル、ワインのボトルとグラスがあった。私の席も作ってもらった。「ありがとう。すごくおいしそう」と私は言った。彼の作るイタリアンは、なじみのある匂いだった。

アダムはテーブルのそばに所在なげに立っていた。「どうしてあとをつけてきたのか、こっちから訊いてもいいか？」そのときも、私には話しかけず、私を見もしなかった。

「復讐しにきた」私はフォークで取ったスパゲッティを口に運んだ。みんな黙ってしまったので、「いまのは冗談」と付け足した。スパゲッティは最高の味だった。この深みのあるウマミ、クラッシュトマトと、カラメル色になるまで炒めた玉ねぎで彼が作っていたマリナラソースで和えて、パルメザンチーズとパン粉をかけてある。「ところで、これとてもおいしいね。シェフによろしく伝えて」

それで十分のはずだった。彼を不意打ちして、夕食の席に押しかけて、そこにいることで居心地の悪い思いをさせる――そこで止めておけば、十分のはずだった。

少しして、彼も席についた。グラスに少しワインを注いで、私のそばに置いた。「もう少し飲みたかったら言ってくれ」

「どうも。おいしいね」みんなをほっとさせようと、「そんなに長居はしないから」と付け足した。そして、「仕事はどう？」と彼に訊いた。「犬の散歩はうまくいってる？」

アダムの態度が変わった。少しして、「近々やめるかもしれない」と答えた。ワインをひと口飲んだ。「客のひとりにレストランを開業する予定の女性がいて、バーテンダーが必要なんだ。レストランでの勤務経験があるって伝えてある。フルタイムの仕事になるかも」

「すごいじゃない」私は礼儀正しく言った。「じゃあ、カクテルのプロになるわけね」

「だね」すると彼は我慢できなくなった。「かなりシンプルだけどアピール力抜群のレストランでさ。その女性からメニューのサンプルを見せてもらった。料理には画家の名前がついてる。ロスコ・サーモンは二種類の調理法がある。ジャスパー・ジョーンズはタラをさっとゆがいた料理なんだ」

「カール・アンドレっていうのは？」

ベスは眉間にしわを寄せた。「そのお客ってだれ？　どこにあるレストランなの？」そのレストランは開業なんてしないと思うよ、と私から彼女に言ってもよかった。

アダムは半分だけ答えた。「まだ場所は決まってないんだ」

私はべつの話題を振った。「あなたがあのフレンチのビストロで働いてたときのこと覚えてる」アダムが仕事をした無数のレストランのひとつだった。

「あれはひと夏だけだった」彼が言っているのは、私のアパートメントで暮らした夏のことだった。おたがいわかっていた。

「そうだった。あの仕事がなんで終わったのか忘れちゃって」私は彼を煽っていた。

「あそこのオーナーさ、店のことがまるでわかってなかった。リキュールの在庫を補充しないんだ。カクテルを作ろうにも材料がなくてさ。ワインを注ぐしかやることがなかったし、そんなのだれがウエイターだってできる」ワインを飲み干すと、彼は話の仕上げにかかった。「金も人も、料理とディナーのサービスに注ぎ込んでたけど、酒のほうが儲かるなんてだれでも知ってる。それが外食産業の基本なんだ。あの店主はばかだった」

まだ、昔のままの彼だった。私はなにかを暴露する必要はなく、ここに来るべき理由もなかった。

スパゲッティと、冷製レタスサラダに目を戻した。

ベスは私とアダムのあいだで目を行ったり来たりさせていた。どこか申し訳なさそうに、もとの話題に戻った。「それで、この話はさっきもしたけど、知っておきたいから。今夜アダムをつけてきたわけでしょ。どうして?」

「彼は女性を何人も虐待した前科があるから」私はさらりと言った。ベスがなにか反応するひまを与えずに付け足した。「ちゃんと文書に残ってる。法廷記録にあるから、調べたら出てくるよ」

彼女はなにも言わなかった。アダムは私たちを見つめていた。

「まだ長い付き合いじゃないから、わかってないだけ」と私は付け加えた。

「どれくらい付き合ってるかなんて知らないくせに」初めて、彼女は守りに入った。どうすべきか知恵を絞っている。「でも、それは質問したこととはちがう」私を見た。「どうして、あなたが——ほかでもないあなたが——今夜彼をつけてきたのか訊いたんだけど」

「だって……」私は口ごもった。「だって——彼を見てみたかったから。それだけ」

私がもう少し話を続けるのを、ベスは待っていた。

私は子どもになった気分だった。「信じられないときもある。自分になにがあったのか。彼がなにをしたのか。彼をまた見かけたとき、じっさいに起きたことなんだってわかった。あれはほんとうだったんだって」

ベスは科学者が微生物をじっと見つめるような、好奇心のある顔つきだった。「で、あなたにあったことって?」

私のルームメイトが彼を追い出したあと、折にふれて深夜に電話が鳴るようになった。まだ固定電話を入れていたころのことだ。私が出ると、「きみが恋しい」と言う声がした。私が文句を言うと、彼は「きみが恋しい、きみが恋しい」とばかのひとつ覚えみたいに繰り返して、その平凡で愚かな感情を押しつけることでどんな返事も撃退した。「電話してこないで。興味ないから」と私はいつも言うけど、彼はそのひと言を繰り返すだけだった。電話を切っても、また鳴って、さらにしつこく「きみが恋しい」と言ってくる。怖くなってもおかしくなかったけど、ばかばかしい感じもあった。たったひとつの、鈍感な行動を繰り返すことしか思いつかない人なのだ。

「いまは彼氏がいるから」と、ついに言った。意外にも、それが彼を黙らせた。そんなの嘘だ、とアダムは言ったあと、その彼氏はなんていう名前なんだと訊いてきた。「マーク・ラディソン」ふかふかの枕ときれいなシーツのホテルチェーンと同じ名前。私は回復してきていて、ビジネスの会合のため中規模の都市に出張している。真夜中の電話だった。私は疲れ切っていた。その彼の人となりや、どんな仕事をしているか、どんなアパートメントに住んでいるか、一緒になにをして過ごしているかを話した。ドライブしたり、湖のほとりを散歩したり、アイスクリームを食べたりしてる。思いっきり心が落ち着く内容にした。アダムが電話を切ったあともずっと、私はマーク・ラディソンの話をしていた。自分に話しかけて、あれこれエピソードを列挙していた。

アダムはそれっきり電話してこなかった。

「教えてくれてありがとう」とだけ、ベスは言った。表情から心のうちは読めなかった。陰気な表情だった。少なくともその瞬間は私を信じてくれたのだ、と思いたい。

何年も経って、アダムがどうなったのか調べようと思って、私はネットで名前を検索してみるだろう。すると彼は、数百キロ離れた故郷の州の町にいる。郡の逮捕者がみんな地元の新聞に載るような町だ。短期間のうちに、彼は立て続けに逮捕されているだろう――治安紊乱《びんらん》行為、万引き、数え切れない家庭内暴力。五十代になると、刑務所に入っては出てくる頻度は高くなっているだろう。

ベスのアパートメントを彼が出ていってからかなり経って、私とクリスティンとのやりとりが途絶えてからかなり経って、私の人生を取り巻く状況はがらっと変わって、別人かと思うくらいになった。もう働いてはいなくて、時間は自由に使える。この完璧に保護された生活を与えてくれる夫は、日中はほとんど家にいないし、仕事から帰ってきても私の話を聞きたがらない。いまを生きていたい人なのだ。ふたりの生活を楽しみたいと思っている。だんだん、あのころを思い出せなくなってきている。

でも、ゾウのような記憶力で、私はアダムの顔を覚えている。話してもむだだろうとは知りつつも、アダムが隠していた過去をベスに語ったあと、彼を見ると、彼も見つめ返してきた。もちろん、彼はベスを取り戻すだろう。つかの間のことであっても。ベスはそれほど長く彼と付き合ってはいなかった。それに、私は夕食に押しかけてきた赤の他人でしかない。ただの語り部だ。私が話を続けると、ベスの顔色が変わり、アダムは私のランチョンマットをぐいと取り去り、皿もカトラリーも床にがしゃんと落ちて、「でも、彼がどんな人かはわかってる」とだれかが抗議の声を上げ、それに続いて、「でも、人は変われる」と言ったところで、「もう出ていけ」とべつの人が言った。

でも、ベスを説き伏せて自分のそばに取り戻すその前に、彼は私を見つめた。それを目にするまで、私は自分がなにを求めているのかわからなかった。いかにもあけっぴろげな、子どもの顔だった。怒ってはいない。苦々しくも、暴力的でもない。それに、やましそうでもないし、悔い改めていたり恥じてもいない。ただ、罠にかかって身動きできないという顔をしていた。

G

なんといっても、Gを摂取するときは初めが最高だ。透明になった感覚は、漂っているようでもある。重力の小さくなった世界を歩き回っていて、誕生日パーティーの翌日の、ヘリウムが減った風船のような気分になる。この世界のなかにいるわけでも、世界の外にいるわけでもない――その気になってちょっとジャンプしてみれば、家々の屋根や電線や衛星を一気にすっ飛ばしていって、耳がぽんと弾けて、空気がどんどん薄くなって、そっと窒息していって、穏やかになにも感じなくなる。Gを長くやっていると、その感覚は強くなる。体がなくなるのとはまたちがうけど、それに近いのだと思う。

Gを摂取する手順。

一。服用する量を決める。平均的な人で、ボディマス指数《BMI》で肥満度が「標準」の範囲内であれば、十ミリグラムの錠剤ひとつで三時間から五時間は持つ。もし肥満度で「やせぎみ」以下なら、その半分の量にする（自分の肥満度がわからない人は、疫病予防管理センターのサイトを見ればもっとも信頼できる計算方法が出ている)。

二。アスピリンと同じ要領で、水と一緒に錠剤を飲む。歯で割ったり、噛み砕いたりしないこと。それが大事だ。Gはゆっくりと吸収して、効果が一定に広がるほうがいい。

「オーケー。じゃあやろうか」とボニーは言って、錠剤ひとつと、小さなグラスを私に渡した。「乾杯」私は水の入ったグラスをちょこっと上げて乾杯のしぐさをして、それから飲み干した。彼女はそれを見届けて、自分の分を飲んだ。効き始めるまでには三十分くらいかかる。そのあいだ、べつの準備に取りかかる。

三。化粧を落とす。みんな顔のことを適当に考えているけれど、顔にはいろいろ出てしまう。ドラッグストアのクレンジングシートに頼りっきりみたいな手抜きをしないこと。まずはオイルクレンジング、次にリキッドタイプクレンジングでダブル洗顔をする。

Gにどんな魅力を感じるかは人それぞれだ。ボニーの場合、少なくとも最初はGダイエットというやつから入った。摂食障害よりも効果的だった。ドラッグが引き起こす吐き気と下痢があいまって、Gダイエットは余分な水分をぜんぶ出してしまう確実なやり方だ。干したプルーンみたいになれる。避妊薬で肌のしみが消えるのと同じで、副作用が大事なのだ。

私のいちばん好きなドラッグがGだった。かなりの差で二位にEがくる。それに比べれば、お気に入りの大麻ペア・ボトムズは子ども用の風邪薬みたいなものだ。Gを散々やったから、大人としての自我はまったく自省なく形成された。私みたいな人にとっては、それはある種の自由なのだ。

四。服や、身につけているアイテムを外す。私はコンタクトレンズを外し、ヘアピンも取った。ボニーは翡翠のブレスレットを外した。それから、タイツと花柄のチュニックを脱いだ。私が青いリネンのワンピースを脱ぐと、エアコンの空気で鳥肌が立った。前かがみになって下着を下ろそうとすると、ほんの一瞬、彼女がちらりと視線を送ってくるのがわかった。本能的に、私は下腹を引っ込めた。そして、彼女は私を解放した。

ニューヨークでの最後の夜、私は親友のところを訪ねた。やっぱりやめようと思う前に電車が来てしまい、ためらってはいても、プロスペクト・ハイツからアッパー・ウエスト・サイドまではあっという間だった。彼女が住んでいたのは、大学時代に私とシェアしていたのと同じ、アムステルダム・アヴェニューとコロンバス・アヴェニューのあいだにある、中層ビルのワンベッドルームのアパートメントだった。

その建物に着くと、もう引退したファッションフォトグラファーの隣人が、扉を開けて押さえていてくれた。「いい天気だね」と、まだ私がそこに住んでいるみたいな調子で言った。「昨日と同じですね」と私は答えた。まるで、引っ越してから七年経ったなんて嘘だというみたいに。私はまた引っ越す予定だった。翌日には飛行機に乗って、カリフォルニアにある大学院で映像研究の博士課程に入る。フォトグラファーはかつて、大学院なんてふらふらした連中の消失点だよ、とばかにしたことがあった。いまとなっては、私の状態を完璧に言い当てている。

眠たげなエレベーターで六階に上がった。ノックする前に、ボニーが扉を開けた。「ついにご尊顔を拝せた」というのが彼女の第一声だった。一年ぶりだった。

「覗き穴のところで待ってたとか？」

ボニーは私の質問を無視して、扉を開けて私を通す騎士道精神のまねをした。「お先にどうぞ」

ボニーのそばを通り抜けようと動き出すと、止められた。「待った。ハグが先」彼女は私をぐいと抱き寄せて、スポーツ競技みたいに私の体つきとサイズを確かめた。前となにも変わっていない。

「やせたみたいね」

「ありがと、ママ」私たちは、中国系の母親からそうやって体を測定されていて、そのときの基準になっていたのがボニーだった。ゲームで優位な人が、いちばん熱心にルールを押しつけてくる。私はあとずさった。

「お餞別がある」とボニーは言った。

「べつにいいのに」彼女はその夜を派手なスタンドプレイに使おうとしているのでは、と私は警戒した。

「私のこと大好きになるか大嫌いになるか、どっちかだと思う」ボニーは笑った。

「なんだか極端だね」私は新品の厚底サンダルを玄関で脱いだ。衝動買いしたサンダルだった。食パンみたいな見た目で、その醜さがよかった。

かつては私のベッドだった布団に腰を下ろした。木製の日本の屏風が、隅にたたんで置いてある。それを広げて、リビングと私の寝室とのあいだの仕切りに使っていた。アパートメントはまだ椎茸の入った鶏ガラスープの匂いがして、大学時代からあまり変わっていなかった。朝に、日が昇る前から私たちはふたりでお茶を飲んでおしゃべりをする。午後には課題をいったんやめて休憩にして、音楽をかけてすごくゆっくりした動きで踊る。「ちがいのわかる太極拳」のグループに入っていると想像しての踊りだ。私はリーヴィと大喧嘩をした夜に、雨のなか十三ブロックを歩いて戻ってきて、服も髪もびしょびしょのまま無言でボニーのベッドで横になると、彼女に背中をさすってもらって、やがて眠りに落ちた。

卒業したあと、ボニーはそのまま暮らした。引っ越す理由はなかった。家賃が上がらないよう規制されたアパートメントだったし、通う先も同じだった。彼女はコロンビア大学に残って、心理学ラボのリサーチアシスタントになった。いまでもその仕事をしていた。

「これがプレゼント」腰を下ろすと、彼女はベルベットの指輪ケースを手渡してきた。

「私、プロポーズされてんの？」私は微笑んで、ケースを開けた。真珠みたいな光沢、貝殻の形、プラスチックみたいな甘い匂い。「Gだ」と私はぽかんとして言った。心の動揺は、ボニーがGを見つけてきたことをすごいと思う気持ちで覆い隠された。「すごい、これってすごく……レトロだね」

「そういうこと。今日はレトロの夜にする」かつてはゼロ年代前半の東海岸の大学のシーンと同義語で、寮のパーティーでがんがんかかっていたヴァンパイア・ウィークエンドくらいありふれた存在だったGは、政府の取り締まりが厳しくなってからは消えたも同然だった。私のためらいを察して、ボニーはいたずらっぽく付け加えた。「これがラストチャンスだよ」

「同調圧力をかけてんの？」私はクールな態度のままでいようとした。

「同調圧力、ドーチョーアツリョク！」ボニーは変な声でシュプレヒコールを上げた。

「どうしようかな」引っ越し前日でやることだらけの、長い一日だった。恥ずかしいほどしみだらけで買い手もつかないマットレスを引きずって階段を下り、歩道でゴミ回収に出した。もともとは寄付する予定だったけど、あまりに個人的なものに思えて、捨ててしまった。

「いいでしょ、昔みたいにさ」ボニーは真剣になっていたけど、特大の笑顔を浮かべたままだった。

じっさいのところ、選択肢はなかった。私がどうするのか、彼女は知っていた。


知っているだろうか。知っているだろうか、自分を目に見えない人間にしてくれる繭《まゆ》のなかに入って世界を動いていれば、世界がどれほど思いどおりになるか。だれからも見られず、評価を受けることもない。自意識というちっぽけな鉄床《かなとこ》が外れる。見知らぬ人からのマイクロアグレッション（無意識の偏見や差別によって、意図せず相手を傷つけること）や、友達や知り合い相手の社交辞令に邪魔されず、どこに行ってもいい。ひょいと外に出て、覗き回って、フィリップ・ガストンの絵に出てくる眼球になってアムステルダム・アヴェニューをぽんぽんと跳ねていくと、木曜日の夜に客たちがテラス席で食事をして、近づきつつある週末を早くも祝っている。

血を求めて、私たちはテラス席が並んでいるところを歩き、水の入ったグラスをテーブルからはね飛ばし、食べかけの皿をひっくり返してサラダの上にサラダを重ね、みんなを混乱させて困惑させた。つまらないいたずらだ。自分たちがじつはそこにいるとばれてしまう前に、私たちは通りの向かい側に回った。Gが目新しかったころの私たちは、もっと真剣で独創的だった。見ず知らずの人にそうっと触れて、逆毛をほんのちょっと撫でつけた。人の会話に聞き耳を立てて、口を挟んだ。宙に物を浮遊させて、ほかの人たちにとっての現実空間を歪曲させた。もっと破壊的な気分のときは、全力で人のものを壊し、〈アーバン・アウトフィッターズ〉の衣料品を店から放り出した。チェーン店であれば罪悪感はなかった。帰宅していく人のあとをつけ、一緒にエレベーターに乗り込んで、アパートメントに入った。それに関しては、私はひとりでやるのが好きだった。

ボニーの手が私の手を握ろうとしてくるのがわかった。だれかと一緒にGをやるのなら、相手がどこにいるのかわかるように手をつないでおくのがいい。それはおたがいを地球につなぎとめるためでもある。その夜のGは、記憶にあるよりも激しい感覚だった。私はつなぎとめてもらいたかった。

ブロードウェイで、私たちは〈セフォラ〉の店内に姿を消し、テスターの瓶の香水を宙に噴射した。ディオール、カルヴァン・クライン、プラダ、ジョー・マローン、トム・フォードをかわるがわる試して、ヒステリックな女性らしさのはかない雲を作り出した。ジャスミンとヴァニラとバラとパチョリとライチとアンバーとトンカビーンのミストを放つ怪物だ。客はどんどん出ていった。

瓶が床に落ちて割れると、私は固まった。落としたのは私だった。シャネルNo.5のおばあちゃんめいた匂いをそこらじゅうに広げてしまった。指のあいだを瓶がすり抜けたのだ。

「オーケー、そろそろ出ようか」とボニーはささやいてきた。「公園に行く?」

そのときになって、くらくらする感じが始まった。それもGの副作用だけど、今回は足下の床が歪んでいくように思えた。「ねえ、これってかなり強めだね」と私は言った。「ボニーも同じ感じ?」

ボニーはしばらくなにも言わなかった。私に訊かれてじっくり考えているのか、それとも聞こえていなかったのか。すると彼女は言った。「前より強烈なはずだよ。ほら、大麻でいうとこのTHC成分がさ、もっと強力なんだ。これって次世代Gだから」

いた。

「次世代か。これが流行ってるの？」私はてっきり、期限切れのものを摂取したのだと思い込んでいた。

「パトリックが次世代Gの初期投資に入ってて」

もっと話が聞けるかと思って待ったけど、それだけだった。大学時代はみんな、パトリックのことを知っていた――親の信託預金を使ってパーティーをして、シュプリームのスケートボードを大学でいつも持ち歩いていたのに、乗ったことは一度もなかった。「あのさ、あんまり具合がよくない」と私はしばらくして言った。

「オーケー」ボニーは私の手をぎゅっと握った。「出よっか」

「横になったほうがよさそう」と私は言った。「ボニーの部屋に戻ってもいい？　ごめんね」

彼女は答えなかった。

外に出ると、ゴミ回収の日だった。ボニーが縁石にある黒いゴミ袋を次々に蹴り飛ばすと、空《から》になったテイクアウト用の容器やフード用の包み紙やくしゃくしゃのティッシュが飛び出てきた。彼女はいたずらの雰囲気のまま行こうとしていた。車が一台通りかかって、濡れて悪臭を放つ生ゴミを引きずっていった。気持ち悪かった。

「公園に行こう。ね」ボニーが私の手を引く。それがニューヨークで過ごす最後の夜だったから、ボニーは知らないけれどそれっきり彼女とは会わないつもりだったから、私は引っ張られるままついていった。

Gをやっていると、夜の視覚はもっと鮮明に、もっと鋭敏になる。私にはアパートメントの窓の内側が見えたし、そこでの生活も見えた——飾りつけてある花、本棚に並ぶ本、壁にかかった写真。女性がひとり、ダイニングテーブルのところで座って、読書しながらカクテルを飲んでいる。もう歳を取って、はかない定めの美しさを使ってなにかを手に入れなければというプレッシャーがもうないなんて、きっとすごい解放感だろう。

セントラル・パークが近くなったあたりで、リーヴィが前に住んでいたアパートメントを通りかかった。最後に聞いたところだと、いまはブルックリンの北に住んでいるそうだ。私はボニーのほうをちらりと見たけど、もちろん顔は見えなかった。ボニーにも私の顔は見えていない。

リーヴィと別れたあと、私はときどき、夜にひとりでGをやって、大通りを次々に渡り、彼が住んでいる建物まで行った。深夜に。だれだい、とも訊ねずに、彼は解錠ボタンを押して私を入れてくれた。上がっていくと、彼の部屋のドアマットの下に鍵がある。彼はなにも言わずに上掛けをめくって、私は裸の体を引きずるようにして、彼のベッドという温かくて汗っぽい洞窟に入っていった。リーヴィの体臭は肉汁みたいで、こう言うと気持ち悪そうだけど、そのおかげで心休まる感覚になった。もし、私だと認めれば、まだGをやっていることで叱らないといけなくなる。だから、ふたりともなにも言わなかった。ドアが開き、上掛けがめくれ上がり、私たちはなにも言わない。

来たのは私だと、リーヴィにはいつもわかっていた。背中をさすってもらって、私はそのうち眠りに落ちた。

最初のころ、Gをやるときはいつもボニーが一緒だった。大学の一年目が終わったあとの夏、自分はもう大人だという幻想に酔いしれていた夏で、でもやったことといえばインターンシップだけだった。毎晩のようにセントラル・パークに行き着いて、八十丁目のあたりにあるあの大きな岩の上でふたりして寝そべった。遠くからでも、水浴びしているゾウのような岩の形は見分けられた。「幽界」と私たちは呼んでいた。

ボニーと私が愛撫し合ったのは、その「幽界」でだけだった。巨大な岩で、割れ目から雑草がちょろちょろ生えていた。ごつごつしたへこみやくぼみが私たちの体を支えて、日中の熱をゆっくり放出して、肌を温めてくれた。その感触が私は好きだった。とくに、腕の裏側が心地よくて、私がそこに触れてもらうのを好きだとはだれも知らなかった。

親密な雰囲気は、ある程度までしか深まらなかった。どことなく近親相姦めいた感じがしたのは、ふたりとも同じ中国系コミュニティーで育ったからだ。母親同士が知り合いで、まずは親が仲良くなった。ボニーに突き飛ばされて転んだときのことは決して忘れられなかった。彼女はほんとうに軽い体をしていた。一般的な基準では私たちは小柄だったけど、ボニーは中国人基準ではやせ型だった。つまり、私たちの体つきが明らかにちがうとわかるのは、移民の母親たちだけだった。中国でなら、ボニーは細いねと言われ、私はそのおもしろい友達というだけだろう。その気になれば私だって中国基準で細くなれたけど、そういう体型でいたいとは思わない。

「幽界」にいると、ボニーはきまって、私の態度がそっけないと文句を言っていた。彼女に両手首を押さえつけられても、私は笑い声を上げるだけだった。「あんたの手首、くすぐったがりすぎ」と彼女はぷんぷん怒っていた。ボニーは求められていたかったのだ。いつでも、だれからでも。でも、とくに私に求められたいと思うときがあった。そんなときは、相手にしないにかぎる。彼女はあきめて、体を転がして離れて、ふたりで夜空を見上げる。ぴりぴりした空気は消えはしない。上にある木の葉は、歯がかたかたいうような音を立てている。「あのさ」ある夜ボニーは訊いてきた。「私たちふたりを合わせたら、完璧な女性ができると思う?」

「私、なにか足りないとこある?」と私は訊ねた。「ボニーは?」私を完全に食い尽くすまで、彼女は止まらないだろうと思った。私はボニーの消化器系に入ってしまい、いちばんいいところを消化吸収されて、残りは捨てられる。

「どうだろ」と言うボニーは、ちょっぴり悲しげだった。面と向かってボニーが、自分はなにかにふさわしくないとか傷つきやすいとか認めることはめったになかった。でも、Gをしていると、自分に正直になる——明晰で、体から離れた声が、やむにやまれず自分を暴露する。

八歳のとき、ボニーは家族が住む集合住宅の階段で暴行された。上海にいたときの出来事だった。翌年、一家はアメリカに移住した。それが暴行されたせいなのかどうかは、私はよくは知らない。でも、自分がレイプされた階段を毎日通らなきゃならないとしたら、べつの国に移るのはそれほど劇的な変化には思えないのかもしれない。

私たちが会ったのは、中学生のときだった。同じピアノの先生のところに通っていて、送り迎えが重なったので、母親同士が知り合いになったのだ。

「ああいう子と友達になるべきね」と母さんは私に言って、理由をあれこれ並べ立てた。ボニーは成績優秀だし、ピアノの弾き方ははきはきしているし、身のこなしは繊細で上品だし、きちんとして古風な言葉づかいは海外で英語を勉強してきた証拠だ。

「友達にしたいタイプじゃない」と私は言った。ボニーには、中国のひとりっ子にありがちな、甘やかされて気取った雰囲気があった。まるごとひと世代がそうだし、女の子より男の子がそうだ。学校では、フリル付きでシースルーの足首丈ソックスとか、中国語《チングリッシュ》なまりの英語のフレーズが書かれたマンガキャラの文房具、鶏ガラスープの匂いがする息をからかわれていた。

母親の表情は硬くなった。「ボニーとそんなにちがうわけじゃない。あの子は九歳のときにここに移住してきて、あなたは六歳のときだった」と言う口ぶりは、ちがってるのは移住のことだけだと言わんばかりだった。私にとっては、三年の差は大きかった。アメリカ人として通るか、着いたばかりの移民だとばれてしまうかのちがいだ。

ボニーに友達がいないのには、ほかに理由があった。学校に行くのとピアノを習いに行くほかは、母親がぜったいに外に出さなかったのだ。家に行っていいのは私だけで、それも夕食後の一時間、大学進学適性試験の模試対策を一緒にやるという口実だった。ルールはほかにもあった。私たちが聴いていいのはクラシック音楽だけ、読んでいい文学は「名作」だけ、観ていい映画も「名作」だけ。ここでいう「名作」とは、たいていはヴィクトリア時代の英米文学と、それを映画化した作品だった。中国系の移民コミュニティーにおいては、先を見据えた子育てと、純然たる狂気との境界線はぼやけがちになる。とはいっても、ボニーの母親の厳しさは度を越している、というのがほとんどの人の意見だった。どんなに元気な花でも手をかけすぎるとしおれてしまう、という中国のことわざだってある。たぶん、あると思う。

私はよく、外の世界の作品をこっそりボニーの家に持ち込んだ。『ＯＫコンピューター』、『私は「うつ依存症」の女』、イヴ・エンスラーの作品、トーリ・エイモスの初期アルバム。『となりのサインフェルド』の再放送も観た。ある冗談がどうして笑えるのか、彼女に教えてあげようとした。どうしてアメリカ人はそれに笑うのかを説明して、私も笑った。どうしてエレイン・ベネス（『となりのサインフェルド』の主人公のひとり）はほかのシチュエーション・コメディーの女性キャラクターとちがうのか。「彼女は性的に描かれていないのに笑いを取れる。私たち、進歩してるってわけ」そう説明して、自分と白人女性をあっさりと一緒くたにした。大学進学適性試験では、自分の人種についてうっかり「白人」にマークした。それがいちばん上の、つまりは暗にデフォルトの選択肢だったのだ。

帰る時間になると、ボニーはいつも家の私道の終わりまで私を送ってくれた。そこが母親から見て家のぎりぎりの境界だったのだ。そこを越えては行けなかった。「じゃあね」と私は言って、路肩に停めてある自分の車に乗り込む。「じゃあね」と彼女も言う。ボニーの母親はキッチンの窓からその様子を見張っていて、いつでも娘を呼び戻せるよう身構えている。そして、私が忘れていたらどうしようと思っているみたいに、ボニーはひと言付け加える。「また明日来てね」

私は運がいい。それはわかっていた。母からはいつでも逃げることができる。母はもっぱら、子どもたちよりも自分のことを気にしていたからだ。それは客観的にはぜんぜん構わない。子どもを育てるという社会の要求に従わざるをえないからといって、女性が自分にとっての優先順位を変えないといけない理由はない。母親に構ってもらえないと文句を言う権利があるのは、当の子どもだけだ。双子の兄と、私。そのふたりだけだ。

母は昔から美人だった。私たちが生まれる前、中国にいたときには、その容姿のせいでほかの人たちとの関係が壊れていたし、冷たい目つきで男たちの生皮を剝いでいた、とおばさんたちは言っていた。コン・リーにそっくりな顔だった。中国系コミュニティーのイベントに参加するときは、女優みたいに、子どもたちを叱る母親の役を演じていた。教会とか、信者同士の親睦会といった場でのことだ。

私が高校生になってようやく、母は本気で娘に関心を示すようになった。どんな服を着ればいいか、どんな化粧品を使えばいいか、どんな食事習慣がいいのかアドバイスしてくれた。自分の型に娘をはめようとしているのだ、と私は気がついた。兄が「ウソっぽいナチュラル」と呼んでいた型に。私の髪を耳の後ろにかけて、体重が増えると真っ先に顔に出るからね、と警告してきた。「この頰骨は私譲りだから。肉で隠しちゃだめ」火炎放射器ばりの母の眼差しは、ありのままの自分を愛しましょうという女性誌すべてのスローガン、ボディーポジティブを提唱する番組『オプラ・ウィンフリー・ショー』のすべての回を燃やし尽くした。フェミニズムのあらゆる波をひっくり返すこともできた。兄はこの時期を無傷で切り抜け、地下でプレイステーションをして、コーンチップスとスルメイカを食べていた。「ふりをしていればさまになる」と、高校の卒業アルバムの座右の銘に書いていた。なんてばかなんだろう。自分は自由なんだってことすら兄はわかっていなかったのだ。

母のような人と自分とを切り離したければ、やり方はただひとつ。その人が恐れていたり自身について不安に思っていることそのものになって、その人の理想の自己像からできるだけ遠い存在になることだ。というのをもっと具体的に言えば、手に負えないゴス期に入ってしまえばいい。夜中に髪を丸刈りにして、朝に母の目をひんむかせる。よく見える箇所にメメント・モリのタトゥーを入れて、体なんて無に等しいのだと見せつける。十キロ近く体重を増やして、タイトなワンピースを着る。そうすれば、自由の身だ。

夜がぼやけ始める。時間の感覚がなくなりかけていた。気がつけば、セントラル・パークにいた。ふたりでほっつき歩いて、足の裏に当たる草の弾力を楽しんで、歩行者専用レーンを突撃してくるサイクリストたちをよけて、昔なじみの場所を目指して渡っていった。見覚えのある木立を見つけて、何年かぶりに「幽界」に乗り込んだ。岩の小さなくぼみや亀裂には、午後のにわか雨の水がまだ溜まっていた。そういう水溜まりで、ショウジョウバエや蚊が孵化する。それでも、私たちは冷たく湿った岩の上に寝そべった。ボニーが胴に片腕を回してくると、彼女の体の熱が伝わってきた。

「明日、ベイエリアに着いたらなにすんの?」とボニーは訊いてきた。

「なにしようかな」サンフランシスコ空港に飛行機が着陸するところを、私は想像した。夕方に着く便だから、あたりをぶらつくとか、一杯飲むとか、ちょっとしたことならできる。でも、そんなことすら伝えたくはなかった。新生活をちょっとでも覗き見されると、なぜか傷がつくような気がした。

「あのさ、もっと早く言ってくれてもよかったと思うよ」

「なんのこと?」

「わかってるよね。遠くに行くってこと。まじで今週になって知ったんだから」

「さよならは言わずにっていうのが得意だから」私は軽い口調を崩さなかった。「ほらね。ごまかしてる」ちょっと喧嘩になっていた。ボニーははにかんでいるようにも聞こえる口調でこう言い足した。「ま、そっちが落ち着いたころに訪ねていくから」

私は黙っていて、それから穏やかに言った。「でも、いまは同じ街に住んでるけど、そんなに会わないよね」

「じゃあ、なんで今夜は来たの?」

「いい感じで出ていきたくて」

ボニーはばかにしたように笑った。「私と別れようとしてるって感じ。でも、返事くれないのはそっちでしょ。私が連絡してみても、ぜんぜん折り返してくれない。あれこれ忙しいって言って」

「それが原因じゃないのは知ってるよね」私はきつい言い方にならないようにした。

しばらくして口を開いたボニーは、かろうじて聞き取れるくらいの声になっていた。「でも、あれはもう大昔のことでしょ」


数年前のある夜、ボニーはGをやって、ひとりで公園のなかを旅していった。午前二時だか三時だかに、彼のアパートメントの建物にふらふらたどり着いた。彼の部屋番号が思い出せなかったので、インターホンを片っ端から押していき、そのうちだれかに入れてもらった。上の階で、ドアマットの下に彼の部屋の鍵があるのを見つけた。ボニーが上掛けのなかにすべり込んだとき、彼はもう眠っていた。とはいっても、起きるべきことは起きた。

その一部始終は、私に話す役目になったリーヴィから聞いた。「夢を見てるんだって思ってた」と彼は言った。「それから、きっときみだろうって思った」

「そうじゃないってわかったのはいつ?」と私は訊ねた。

「彼女が二回目にやってきたとき」

「一回きりじゃなかったってこと?」

「きみだと思ったんだよ」

私には信じられない言い分だった。私とボニーとでは体つきがちがう。

「話しておくほうがいいと思ってさ」とリーヴィは言った。

ボニーに訊いてみた。「そんなこと、ぜったいになかった」と彼女は言い張った。「いつのことだって彼は言ってんの?」リーヴィの説明を何度も私に言わせた。ボニーなりの説はいくつもあった。

「きっと彼の頭のなかで……」私は聞くのをやめた。

「どうでもいい。みんな大人なんだし」と、関係者全員が情けなくなって私は言った。

でも、ほんとうのことを言えば、それも決め手ではなかった。もうボニーとは縁を切ろう、とふん切りがついた決定的な事件があったわけではない。むしろ、私が大学を出たあと、ボニーの私に対するコメントがだんだん意地悪になっていると気がついたことが大きい。たいていは、体型についてのちくりとしたひと言だった。サラダにアボカドを入れたら、「それ、ほんとに食べるつもり?」とボニーが言ってくる。訊いてもいないのに、自分の彼氏が——ウルフとかいう、切り株みたいな指先をしたドイツ人の博士課程大学院生が——私の体をどう思っているのかを言ってくる(どうやら、私の

「マーガレット・チョー（米国の韓国系コメディアン・女優）のような外見」についてなにか言っていたらしく、最初は褒め言葉なのだと私は思っていた）。ボニーの視線を浴びて、私はかなり細くなった。最初はゆっくり、そのうち急激に体型が変わった。クリスマスに帰省すると、母は喜ぶべきか心配すべきか迷っていた。ばかな勝負をすれば、ばかな賞品がもらえる。親指と人差し指で作った輪っかに手首が収まる、とか。あばら骨が浮き出ているのが見えるとか。生理が来なくなるとか。

結局、私はボニーからの電話もEメールもブロックした。そもそも、とっくにアパートメントを出ていたから、彼女を避けるのは簡単だった。ときおり、べつのメールアドレスやソーシャルメディアのアカウントからメッセージが来た。「元気？」と、まるでなにごともなかったみたいな調子で書いてくる。もちろん、返事なんてしなかった。ボニーがそんなにたくさんのキャラをネット上で使い分けていたなんて知りもしなかった。

距離を取っていた去年は、水泳をしていて息継ぎをするような気分だった。私は映画会社のプロダクション・アシスタントの仕事をして、ほかの友人たちと会って、水面から顔を出して生活した。標準体重に戻った。鏡を見てみると、ひょいと無人島に置いていかれても生き延びられそうだった。将来の計画を立てて、大学院に出願した。ものごとの見たままを信頼することを学んだ。

夜は冷えてきていた。「そろそろ戻らないとね」と私は上体を起こして言った。効き目が薄れかけている。形がだんだん見えてきたボニーは、熱波のようだった。通りの排水溝の鉄格子からゆらゆら上がる湯気のようだ。「ボニーの形ができてきてる」

ボニーは自分の片腕をじっと眺めているようだった。粘性が出てきた腕を振り回している。私も自分の腕を確かめようとしたけど、草と石しか見えない。「私がまだなんて変だね」

「ま、摂取した量はそっちのほうが多いし」

「量がちがったってこと?」

「多めの量と、ふつうの量があった。おもてなしだと思って多いのをあげた」

「ちがいがあったなんて知らなかった」

「量は錠剤に刻んであったよ」ボニーはしれっと言った。

「言ってくれたらよかったのに」頭がくらくらして息切れがしていたのは、量が多かったせいだった。

「だね、ごめん。きっと大丈夫だろうと思って」

「消えるまでどれくらいかかるか知ってる? 明日飛行機に乗るときにはばれないようにしたいから」

「わかった。次は前もってちゃんとお知らせいたしますね」今度は間違いなく嫌味だった。彼女の怒りを前にして、私は妙にうつろな気分だった。ニューヨークで最後の夜に、こんなことで喧嘩をしても仕方がない。怖かったけど、怒ってはいなかった。もうボニー相手に真剣になることはなかったけど、それを表には出さないようにした。

「行こう」と私は言った。「ボニーが影を作るようになってる」もうすっかり暗くなって、街灯がついていた。岩の上には灰色の濃淡があった。影の、そのまた影。ボニーが立ち上がると、その影が広がるのがわかった。でも、同じ岩の表面には、私の痕跡がまるで出ていない。

ボニーの声が、どこかから聞こえてくる。彼女が前にいるのか後ろにいるのか、私にはわからなかった。「少なくとも、最後にここに来れたね」と、彼女は感慨深げに言った。

Gは重力《グラヴィティ》の略だと言われている。覚めたときの感覚が、体が石のように重く沈んでいくように思えることからきたのだという。でも、それはひとつの説にすぎない。私たちがかつてお世話になっていた売人は、大学寮にいた女の子で、Gは幽霊《ゴースト》の略だと断言していた。私が十二錠買ったとき、それをいっぺんに飲んだら幽霊になってもとには戻れないからね、と脅すような口調で言ってきた。目に見えない領域を超えると、物質でもなくなる領域に入ってしまうから。でも、そう言っていた彼女のほうが、四年生が終わると、見かけることも連絡がくることもぱったりなくなった。だれも彼女の名前を覚えていないようだ。リーゼルという子だった。

より洗練された「階段」という楽しみ方を教えてくれたのは、そのリーゼルだった。一定の時間内に、決まった間隔で少量ずつ摂取するという、ちょっと危ないやり方だ。私は布団の上に寝そべって、**ジュディス・バトラー**（現代フェミニズム思想を代表する米国の哲学者）**ならどうするか？**　というスローガンが書かれたポスターを見上げながら、低レベルの浮遊感を味わっていた。もしうまくやって、飲むタイミングをしっかり守れば、何日も海の上を漂っていられる。

リスクはある。「階段」をするのが長くなるほど、回復するのにも自分の体と折り合いをつけるのにも、日々の生活やふつうの人付き合いを覚え直すのにも時間がかかってしまう。はるか遠くの沖まで出てしまって、泳いで岸に戻るなんてむりだと思うことだってある。リーゼルはなるだけ遠くまで行きたがり、寮の部屋で寝そべっている時間がだんだん長くなって、授業の欠席回数が増えていって、中間テスト、そして期末テストもさぼってしまった。かなりゆっくり消えていったので、たいていの人はほとんど気がつかなかった。一度、彼女の部屋に行って、しつこくノックし続けてみたら、ついにドアが開いた。でも、なかにはだれもいなかった。私に見えるかぎりではだれもいなかった。

リーゼルの失踪事件は、テレビの実話犯罪番組で取り上げられた。その番組では、大学のパーティーにいる彼女の写真が出ていた。可愛くて、頭がいい、将来を期待された女の子の人生が、痛ましくも終わってしまったのだ。私も一緒に写っていて、赤いプラスチックのコップを持って、フレームの外を見つめている。その番組に登場した私は、リーゼルについて褒め言葉を並べ立てた。幼かったので、その「チャンス」を断ってもよかったのだとはわかっていないように見えた。制作陣には、私はせいぜい知り合いっていう程度なんですと言ったのに、放映されてみれば「親友」にされていた。番組の終わり近く、リーゼルの身になにがあったのか、あなたなりの説はありますかと訊ねられて、「それはいつも考えてます」と私は言い、いまにも泣き出しそうな顔になる。白人の女の子の、悲劇的でグラマラスな人生の、マイノリティー枠の登場人物が私だ。その番組は、まだあちこちの局が再放送している。

柑橘類が効く。レモンをひとつ絞って炭酸水や紅茶に入れるといいよ。それか、フルーツを丸ごと、果肉も種も一緒に食べて、果汁を飲むのもいいね。リーヴィはよく、アパートメントの近くにあるヴィーガンカフェに行って、塩入りのフレッシュパイナップルジュースを買ってきてくれた。日光を浴びるのも有効だ。肌を出して、ビタミンDを大量に吸収するといいよ。医者からはお勧めされていないけど、日焼け止めを塗らないのもいい手だ。リーヴィはよく、土日になると私をビーチに連れていってくれた。海辺で一緒に勉強した。午後に難解な理論を消化したあと、冷たい海に頭を突っ込むと爽快だったし、ポスト構造主義批評を消化吸収したあと、遊歩道でレモンのシャーベットを食べると心が和んだ。冬休みになると、彼の家族の友人たちが海外旅行に出ているあいだ、留守番のバイトをするときには車でハンプトンズ（ニューヨーク州ロングアイランド東端にある高級リゾート地）まで行った。

Gを乱用したあとに回復しようとしているところなら、簡単な治療法はいくつかある。「でも、ぜんぶやるのはむりだな」とリーヴィは言った。高校生のとき、薬物乱用で姉を亡くしていたのだ。最初、私は彼が世話を焼くのを拒否しようとした。

「いつやめたらいいかはわかってるし。やばいなって自分でわかるから」と私は彼に言った。

「やばいなっていうのは、たとえば？」リーヴィは私を試していた。

「自分の声が水のなかから聞こえてるみたいになったら、体が消えかけてるんだってわかる。そのときには階段をするのはやめる」私は少し考えた。「それと、笑ってても、笑い声が枕でくぐもったみたいに聞こえてるとき」

どんな形でも、唐辛子や胡椒は効く。ホットソースもいい――きつい酸味のある炭酸か、甘口のどろっとしたスリラチャソースか。ハラペーニョを三倍の量入れたピコ・デ・ガヨをどっさり。メキシコ料理や四川料理は、とくに孤独で長い冬をヨーグルトやカッテージチーズの食事で過ごしたあとには効き目がある。血の巡りがよくなるものなら、なんでもいいんだ。血を肌の近くまで送り込んでくれて、頬に赤みが差すようにして、本物の、生きた、生身の人間っぽい見た目にしてくれるものならなんでも。唇は香辛料でひりひりして、指はカプサイシンの摂りすぎでむくんでいる。それが、自分を取り戻しつつあるという証拠なんだ。

向こう側には、リーヴィの人生を構成する、白人主流社会の文化という、裕福で美しいタペストリーがある——裏庭でのカクテルパーティーでは友達同士で馬蹄投げの遊びをして、女の子たちは寝椅子で白鳥みたいにくつろいで、ジントニックのグラスで乾杯している。その人たちには、私は見えない。その人たちには、私の二重まぶたのよさはわからない。ヒップホップの重低音が容赦なく響き続ける部屋にはきまって海や船をイメージした家具調度があり、色褪せた流木だのギンガムチェックの布張りのソファーだのリネンやシャンブレー織りのファブリックだのが配されている。

ハンプトンズから車で帰る途中、リーヴィからはほかにもお勧めされた。「きみはもうボニーより大人になってると思う」と、彼は運転しながら言った。車は彼の家族のオープンカーで、暖房が強風で出ていた。

意見を述べているのか、提案しているのか、指示しているのか、リーヴィはわかりにくい人だった。

「ボニーとは大昔からの付き合いだから」とだけ私は言った。

「だからってずっと友達でいなきゃいけないわけじゃないだろ」

私は口を開きかけて、やめた。どう説明すれば、白人の彼氏にわかってもらえるのか。中国系の仲のいい友達があまりたくさんいないということを、どう説明すればいいのか。移民の親は二世の子どもたちを容赦なく競い合わせ、テストの点数やら演奏会の出来やら大学入試の結果やら容姿やらを比べるので、中国系コミュニティーの同年代の子たちとの友情はとにかくストレスだらけなのだ、ということを。そのころの知り合いで、いまだに連絡を取り合っているのはボニーただひとりなのだということを。

「じっさいのところ、ふたりはぜんぜんタイプがちがう」とリーヴィは続けた。「どれくらいちがうか、自分たちではわかってないと思うな。ボニーにはヴァンパイアじみたところがあるんだよな。きみの振る舞い方をまねしたりして」

「それって、要するにボニーがリーヴィの友達たちと合わないから？　住んでる世界がちがうってこと？」

恵まれた育ちの話をされると、リーヴィはいつも気まずそうだった。「あのさ、彼女はまだGをやってるけど、きみはそれに付き合うべきじゃない」

リーヴィが言っていたのは、ありふれた手順だった。薬物依存についてのどんな文献にも載っている。薬物仲間から離れること。でも、それは彼がボニーのことをまだ新参者の移民だと思っているせいなのでは、と考えてしまった。ボニーがまわりを気にしているように見えるのは、リーヴィやその友達といっしょにいるときだけだった。ともかく、ボニーのことについて私とリーヴィが喧嘩をしていても、問題は彼女ではなかった。

私たちはニューヨークに戻って、リーヴィは家族のオープンカーをミッドタウンの駐車場に停めた。日曜日にニューヨークに戻って、アップタウン行きの地下鉄に乗って、それぞれの冷え切ったアパートメントに帰っていく悲しみ。

プラットホームに列車が到着した。意外なほど混んでいて、私は扉付近のすき間に体をねじ込み、ほかの乗客にどうにか動いてもらった。「もうひとり乗れるよ」とリーヴィに声をかけたけど、彼はホームから動かず、無言で首を横に振っていた。どうして私は、彼みたいに次を待つタイプの人になれないのか。閉まっていく扉越しに、無数の体の塊を背景にした私を、彼が値踏みしているのがわかった。私を眺めるリーヴィを、私は眺めた。列車が発車した。

私は麻薬から抜け出して、私たちは別れた。それが、リーヴィとの付き合いの流れだった。力関係がもう決まってしまっていた。彼は世話係、私は患者。私が回復したら彼は興味をなくしてしまうのでは、という気はずっとしていた。

「きみはとっても美人だよ」と、あとでリーヴィは言った。別れる少し前のことだ。そう言いつつも、私を気遣って世話をしているつもりになっていた。「それをもっと高めていくべきだ」

高校生のときは、自分のいちばん嫌いなところをよくボニーに話していた。いかにもティーンエイジャーという内容だ。私と友達でいるのをやめなよ、と暗に彼女を試していた。私の秘密をボニーが母親に話したら、そこから私の母親にも伝わる、と願う気持ちもどこかにあった。でも、ボニーはいつも、「それほんと?」としか言わなかった。

家の二階にある部屋で、ボニーは質問攻めにしてきた。私の好きなものはなにか、あの人のことをどう思うか、将来はどうしたいと思っているのか。自分が認められたと思うのに、さしたるものは必要ない。だれかのまなざしがあれば十分だ。見てもらえているという気分だったかといえば、ちょっとちがう。むしろ私は、ボニーに注目してもらうことで、自分になる方法を学んだのだ。彼女からの興味が、私を形にした。

ボニーのアパートメントは暗かった。彼女はキッチンの照明をつけた。喉が渇いていた私は、キッチンカウンターに置いてある浄水ポットに手を伸ばしたけど、手は持ち手をすり抜けてしまった。蛇口をつかんでも、温水レバーも冷水レバーも手に反応してくれなかった。

「ボニー?」と私は呼んだ。彼女は薄暗いリビングに座っていて、頭がなかった。「ボニー?」私はまた言って、戸口に歩み寄った。「ちょっと水を注いでもらえる?」

「もちろん」彼女は戸棚からグラスをひとつ出した。体はほとんどが見えるようになっていたけど、頭と体の先端部分だけは見えなくて、古代の彫像みたいだった。

「グラスを口に当ててくれる?」と頼むと、私のことが見えていないのに、彼女は口の高さぐらいまでグラスを上げてくれた。

「こんな感じ?」私が唇の角度を変えてグラスの縁に当てると、ボニーはそっとグラスを傾けた。水が細い筋になって出てきて、落ちて、キッチンのタイルにぱしゃっと飛び散った。水が体を抜けてこぼれていく感覚があったけど――酔っておしっこをしているような、身震いする感じだ――体は水をまったく留《とど》めてくれなかった。私は両ひざをついて、水溜まりをなめ取ろうとした。水の表面には、さざ波ひとつ立たない。でも、床の上に敵意ある土がぼろぼろあるのは感じられて、ほんの少しほっとした。

「ベア?」ボニーは片腕を突き出して、私がどこにいるのか確かめようとした。「ベア?」両手を宙で振っているけど、その手は私をすり抜けてばかりだ。

「どんどんひどくなる」私は泣いていたのかもしれない。でも、涙が出ている感覚はなかった。「自分の体の感覚がない」

「そんなのって」ボニーは首を横に振っていて、その動きに合わせて顔が現れつつあって、狼狽してやましそうな表情が見えてきた。彼女が見えるとすぐ、ふたつのことがわかった。ボニーはわざとやったのだ。そして、少なくともちょっとは申し訳なく思っている。

「私、幽霊《ゴースト》になりかけてる」と私は言った。息はか細く、パニックにならないようにしていた。「どうやって止めたらいい?」

「そのうちわかる。そのうちわかるから」と繰り返す彼女は、もっぱら自分に言い聞かせている。

「ボニー。どれくらいの量のをくれたの?」

「横になったらどうかな。さ、横になって」とボニーは言って、私を布団に連れていったけど、彼女の両手もふらふらしていた。私は横になって、懐かしのポスターを見上げた。**ジュディス・バトラーならどうするか?**

息を深くして、意識を呼吸に集中した。ヨガ教室で教わったとおりに。ボニーが部屋をごそごそ漁り、ひとりごとを言っているのが聞こえた。

私は目を閉じた。

床板に靴がこつこつ当たる音で目を覚ますと、ボニーの声が私の名前を呼んでいた。「ベア。ベアトリス。ベアってば」私は目を開けた。彼女はリビングの戸口に立っている。基本的にはアジア式の生活をしていたけど、そのときボニーがはいていてこつこつ音を立てているのは、食パンみたいな私の厚底サンダルだった。「まだいるの？」

「ども」と私は言った。がらがらした声が出た。

ボニーは青いリネンのワンピースを着ていた。私のワンピースだ。ここ二日間私が着ていたから、汗でべとべとしている。ほかの服はあらかた荷物に詰めてしまっていた。

「私のワンピース着てるの？」と、私は訊かなくてもいいことを訊いた。「私の靴もはいてる？」とはいっても、出てきたのは言葉ではなく、波が浜辺の小石に当たって泡立つような音だった。その音を耳にするとすぐ、私は沈んでいくような感覚になった。ようやくわかりかけていた。

ボニーは日本の屛風を隅から出してきて、蝶番に溜まった埃を吹き飛ばした。それを広げると豪華な絵柄が見えた。

私は口を開いた。さらさらという小川の音が出てきた。

「ほら」ボニーはもう落ち着いていて、決意と平穏にあふれていた。「これできみの部屋に戻った」私が昔使っていたベッドにかけた布団に、彼女は話しかけていた。私が聞いているとわかってのことだ。

私は屛風の絵をじっと見た。部屋の仕切りにするシンプルなものをふたりで探していたとき、リサイクルショップで買った屏風だ。この部屋で暮らしていたときですら、描いてある風景をちゃんと見たことはなかった。秋の風景だった。鶴が二羽いて、一羽は飛び立ったばかり、もう一羽は崖から見守っているところで、赤と黄色のモミジの葉をシャワーのように浴びている。

ボニーは私のベッドのそばに座った。前も、私の具合が悪いときにはそうやって面倒を見てくれた。心地悪くはなかった。「ここで暮らせばいい。私がぜんぶ面倒を見てあげるから。きみの面倒を見るよ」彼女はわざとらしく咳払いをした。「それがふたりのためだよ。それに、ベアだって自分の心を探ってみれば、そうしたいんだってわかってると思う」

どこかで、海の水をごぼごぼと吐き出している人がいる。

ボニーは微笑んだ。彼女の頭のまわりで光の輪のようになっている天井の明かりが強まったように思えた。「私がずっとそうしたいと思ってたの知ってる?」彼女は明るく晴れやかで、確信ありげで明快だった。それを伝えてくる目は、私の目とほとんど同じだった。

少しして、ボニーは踏み込んできた。「ベアもそうしたい?」

私は使える最後の言葉を口にした。「はい」

イエティの愛の交わし方

イエティと愛を交わす。それは最初は大変だし、痛い思いもするけれど、三十回を超えると楽になる。そのあとは、自転車に乗るのと同じようなものだ。人間の体は物覚えが早い。適応する。皮膚は分厚くなるし、毛細血管も破れにくくなる。青あざは朝には治っている――傷があったとすらわからなくなる。体液によっては、分泌がぴたりと止まるものもある。

それに、愛を交わすという表現も使わない。それとはちがうのだ。きみにその呼び名を教えてあげることはできるけれど、その音の表記方法はまだ存在しない。求愛の鳴き声がその名前なのだ。まずイエティが鳴いて、きみが応えれば、それが名前になる。そうして、行為は始まる。双方が音を出し合って、やろうとしていることの名前を作る。名前は毎回ちがう。毎回、さらに変わったものになり、さらに寂しいものになる。

きっと、きみもその鳴き声を散々耳にしてきたと思う。働いているオフィスビルの駐車場を歩いていくときなんかに。湖畔にあるこの堂々たる都市で、女性たちはきみのすぐ近くで、気づかれずに、神話的な生き物といつも交わっている。もしかすると、きみはそれを霧笛だと思ったかもしれない——よく晴れた夜だったけれど。もしかすると、怪我をしたコヨーテがまた、街の中心部をさまよっているのだと思ったかもしれない。それとも、だれかが嘆き悲しむ苦悩の声が、うんざりするくらい毎晩響いているか。でも、わたしは嘆き悲しんではいなかった。

わたしがイエティに出会ったのは、きみと別れた三か月後だった。職場の広告会社の近くにあるワインバーで出会った。あの夏は、きみもときどきわたしをそこで待っていたりした。グレーのスーツを着て、眼鏡をかけた男性がやってきた。ビジネスマンだった、というかビジネスマンの服装をしていた。

男性はなにも言わずにカクテルを一杯おごってくれて、気さくな口調で説明を始めた。この地区の、ほんの数ブロック先に住んでいるのだという。じっさいは、六ブロックという話だった。いや、五・五ブロックだ。五ブロック半先だと彼は言った。六ブロックだと言えばわたしに断られるかもと心配したのか。わたしは断りはしなかった。八ブロックまではOKというくらい、彼のことを気に入った。わたしたちの街でいえば、それは一マイルになる。わたしは一マイル分、彼のことを気に入った。やめときなよ、と友達には言われたけれど、それでも彼の家に行った。「連続殺人犯とかかもよ」と友達は言った。

「ふつうの人にだって一夜限りのロマンスはあるし」とわたしは言って、媚薬でも入ってたらいいなと思ってカクテルを一気飲みした。マンハッタンだった。

わたしたちは五ブロック半を歩いた。夜の街はぴかぴかのネオンとテラコッタのタイルだらけで、ほんとうにきれいだった。途中で見かけたのはすべて、なじみの光景だった。それまで十年間よく通《かよ》った、すてきな外観のバーやレストランやお店。自分はうまくやれている、自由裁量所得があって規則正しい生活をしてるんだから、と信じ込むのにさして手間はかからない。朝起きると、わたしはフレンチプレスでコーヒーを淹れる。カップとソーサーの横、三角に折ったリネンのナプキンの上に小さなスプーンを添える。それがお気に入りという感じだ。そんなことを考えながら、彼のアパートメントに歩いていった。

男性が住んでいる、レンガ造りの大きな建物は、保存建造物に指定されていた。オーチスのエレベーターがうめき声を上げた。そして、おがくずの匂いのする天井の高い部屋にたどり着いて十五分もしないうちに、彼は正体をあらわにした。ズボンを脱いだ、ということじゃない。まあ、ズボンも脱いだけれど。なにをしたかというと、わたしに水を一杯渡したのだ。それを飲み終えたときには、彼の人間スーツは床でくしゃくしゃになっていて、ジッパーのところでふたつに分かれていた。てかてかして、汗でじっとりした雪男の姿が、そこにあった。雷のような音が部屋に響き渡った。自分の心臓の音かと思ったけれど、それは彼の声だった。人間サイズのコンパクトな繭《まゆ》から出たばかりの彼は、猛烈にあえいでいた。これなら走っても逃げ切れる、とわたしは思った。

「だましたってことね」とわたしは言った。わたしが座っていたソファーは、クレート&バレル社の「シルエット」モデルで、イングリッシュモスという色合いの圧縮ウール地が張ってあった。なぜ知っているのかというと、そのモデルの名称も張り地のオプションもぜんぶ、わたしが名づけたからだ（マーケティング・コピーライターってどんな仕事なの、ときみは訊いてきたことがあったね。

「家具のために物語を作ってる」とわたしは言った)。

イエティはわたしのそばに座った。「いきなり妙なことをしたりはしないよ」と言って、毛むくじゃらの両手を上げて降参するまねをしてみせた。灰皿を見つけてから、タバコに火をつけた。「ごめん、一本欲しかった?」アメリカンスピリットのライトを吹かした。

「いえ、大丈夫」慎重に会話をする必要があった。「夏には暑かったりしないの?」

「いつも暑いよ」彼の笑い声は意外とかん高かった。おそらく、しょっちゅう訊かれるのだろう。わたしにパンフレットを渡すと、バスルームのほうにふらふら歩いていった。「いまのうちに読んでおいて」水の流れる音がして、オールド・スパイスのデオドラント剤のような匂いがふんわり漂ってきた。

パンフレットはイエティ福祉センターの後援によるもので、『イエティとの交流と適切な接し方』というタイトルだった。最初のページはまず、生態学者ロバート・マイケル・パイルからの引用で始まる——「私たちは、堂々たる生物に魅力を感じるものです」。残りは、イエティの歴史や文化の説明だった。わたしの選択肢がそれでわかった。

イエティの起源はヒマラヤ山脈にあります。人類の人口増加に直面し、部族まるごと、自然界のもっとも奥深く、高く、しかも環境が厳しい土地に移り住んだのです。一九七〇年代以降になってようやく、イエティたちはその土地から下り、人間社会に溶け込むことを覚えました。人間が食われてしまったという事件がいくつか報告されましたが、イエティは基本的に草食であり、あくまで例外的なこととされています。イエティの個体数は約一万九三〇〇と推定されています。これを読んでいるあなたは、その神話的な生き物を目にできて幸運なのです。イエティの系譜は、人間よりもさらに昔に遡るのですから。あなたは運命に見出されたのです。イエティの複数形はイエティーズです。

顔を上げると、彼は扉の木枠にもたれて、グラスに入った水をちびちび飲んでいた。クマの毛皮の敷物を身にまとったブリジット・バルドー。ばかでかいミンクのコートを来たソフィア・ローレン。イエティは微笑んだ。「夢じゃないよ」と言った。彼は百七十四歳だった。毛は年に二回生え替わる。

初めてやってきたときのきみは、真っ赤なケイトウの花束を持ってきてくれたよね。どうやってドライフラワーにするのか教えてくれた。束にして、上下逆さまにして涼しい場所に二、三日置いておくといいよって。「乾燥させても色が抜けないのがケイトウのいいところだから」ときみは言った。「一日経つと、黒い種がたくさん落ちてくるよ」ときみは言った。わたしは笑った。きみの目や、たっぷりした赤褐色の巻き毛の髪を見つめた。

「きみってユダヤ系?」わたしは言った。きみの下、ぎざぎざした石だらけのところから。

「いや、その逆」ときみは言った。きみはドイツ系の長く果てしない家系の出身だった。肉屋や溶接工や金属細工人、そして、その末裔に、か弱い作家がふたり。きみと、きみの父さんと。きみはコミュニティーカレッジで文学を教えていて、夏には自転車便メッセンジャーの仕事をしていた。

その夏は、かなり雨が降ったのを覚えている。そして、きみもかなり仕事をしていた。一日じゅう自転車で走り回るせいで痩せていた。浮き出た鎖骨に雨水が溜まっていた。

わたしはパンフレットを閉じて、読み終えたふりをした。イエティはアプローチをかけてきた。

「ぼくの毛皮、撫でてみたい?」と、どこか恥ずかしそうに訊いてきた。街灯の明かりで見ると、キャメル色の毛皮は乾きかけていて、ゴージャスな感じだった。

イエティはゆっくり部屋を歩いてきて、わたしの前でひざをついた。わたしは彼の両肩に触れた。ナイトの称号を与えるみたいに。柔らかかった。そんなに柔らかいなんて意外だった。大きさが十倍あるネコのメインクーンを撫でているみたいだった。そして、ごろごろという音が彼から発せられても怖くはなかった。捕食するときみたいな音ではなくて、心地よくなって出てくる声だったから。喉を鳴らすことに慣れていないのにごろごろという音を出したものだから、ざらついてくぐもった音になった。この街は、彼にとっては本来の生息地ではないのだ。

あとになってようやく、毛皮を撫でてもらいたいとイエティに言われるのは最上級の名誉で、わたしたちはもう深い仲になっていたのだと知った。わたしが手を引っ込めると、指先に血がついていた。彼の肌は驚くほどちくちくした。

「こうなるなんて知らなかった」とわたしは言った。

「パンフレットに書いてあるよ」と彼は言った。

パンフレットの最後のページ、「イエティの愛の交わし方」には、人間の体とイエティの体のちがいが説明されていた。かなり大きなちがいがあるので、その自然でない行為にあたっては厳密な妥協点を見つける必要がある。イエティの上皮には小さな門歯が並んでいる。何千年もその状態なのだ。そのあいだ、人間の体は進化してきた。新しく学んだ。適応したのだ。イエティは、正反対の原理、つまりは体を進化させないことで存続した。イエティの体は外界に負けない。まったく負けないのだ。

「ぼくらはゴキブリみたいなもんでさ」イエティは軽口を叩いた。わたしの肩越しに、もう暗記している文言を読んでいた。「でも、そこに書いてあるのがイエティの愛の交わし方のすべてじゃない」彼は説明した。もうもうとしたフェロモンをイエティが出し尽くすと、わたしの心はまったくちがう状態に入るのだという。まずは塩性の結晶が目のなかにできて、目が見えなくなり、それから血液が濃くなって頭痛のような感覚が出てくるけれど、それはいい感じの頭痛なのだ。肌に、もっぱら胴体の上部に発疹ができて、赤い雲状に広がる。化学的な反応だ。それが四時間ほど続く。

わたしは携帯電話をちらりと見た。午後九時三十七分。四時間後ということは、午前一時三十七分になる。そこまで遅い時間だと、バスはほとんどない。

それを考えていると、イエティがじっと見つめてきた。そして言った。「でも、相手に話さないいまするにはかなり不快なことだからね。きみが望まないかぎりは、なにもするつもりはないよ」その口ぶりからは、過去に間違いを犯してきたのだとわかった。

「わたしもイエティになったりは?」とわたしは訊いた。

「ぼくは吸血鬼じゃないよ」

わたしは赤面した。

少し間《ま》を置いて、彼は踏み込んできた。「自分の本来の姿をずっと隠して生きなきゃならないって、どんな感じかわかる?」

ふたりとも、わたしの指先についた血を見下ろした。わたしは汗をかいていた。彼のフェロモンが分泌され始めていたせいで——ほんのちょっと漏れるのは、彼自身でも止めようがないのだ——その効果を感じ始めていた。外のあちこちでは車のクラクションが響いている。女性たちは、金融業の彼氏たちと歩道のカフェで席についていて、ニース風サラダで遅い夕食にしている。その人たちの手だけが老けて見えた。湖は波打ち続けていた。気象予報士のトム・スキリングは、今夜は荒れ模様でしょうと言っていた。自分のアパートメントの窓をきちんと閉めてきたかどうか、わたしは心配になった。「きみに心を捧げたことは一度もないよ」ときみが言ったのは、あの自転車事故に遭って、肋骨を三本と、古代から受け継いだドイツ的な鎖骨を折ってしまう二日前のことだった。もし、きみの体が治しようもないくらい壊れてしまったなら、わたしはお金を払って、その鎖骨を抜き取ってもらっただろう――友人よりも、家族よりも先に、わたしのために。あの日も雨が降っていた。わたしがなにを感じていたにしても、わたしの心にどんな感情があったにしても、そのための場所はなかった。どこにもその行き場はなかったし、わたしはずっとそれを抱えて生きていくことになるだろう。化石になって、わたしの一部になるくらい長く。

イエティのアパートメントで、沈黙が深まった。わたしはふらふら歩いていき、二十世紀中盤のライターを並べた暖炉の棚、トレンチコートや靴べらが並んだクローゼット、パンフレットがぎっしり収められたサイドボードの前を通り過ぎて、彼のレコードのコレクションを見た。「すごくいいコレクションだね」とわたしは言った。

「どうも」彼は脚を組んで、またタバコに火をつけた。イエティとは最後に生き残った本物の男なんだ、とわたしは思った。ほかはみんな男性誌を読んでいるだけだ。「なにか聴きたいレコードはある?」

「ビートの効いた、悲しい歌がいい」わたしはレコードの背に指を走らせた。ジャネット・ジャクソンの『ザ・ヴェルヴェット・ロープ』をかけた。

わたしは振り向いた。

「いいよ」とわたしは言った。

イエティが求愛の鳴き声を始めた。なじみのある、低い、海原のようなベースの旋律は海底をかき回して、やってみさえすればシャチを一頭残らず孕《はら》ませることだってできただろう。彼の鳴き声は一分ほど続き、そしてわたしの番になった。

わたしの鳴き声はイエティとはちがったけれど、彼の声を受けてのものだった。ふたつが合わさることで完成するのだ。わたしの鳴き声は鏡の間《ま》を駆け抜けていく金切り声で、バックルや留め金や輪縄だらけだった。その声は街のコンクリートやガラスを突き抜け、羽虫を消し去り、その場に居合わせた人たちの喉をからからにして、そして、のんびり流れる周波数に達して、イエティだけ、きみだけ、わたしだけに聞こえるようになる。

その鳴き声をきみは耳にして、電話を手に取ることになった。翌朝とか次の土日とかじゃなくて、何か月も経ってからだけれど。そのあいだに、わたしはもうひとつ歳を取った。秋が冬になった。外では雪が降っていて、わたしは暖房器のそばでせっせと肌を保湿しては水を飲んでばかりいた。

「きみの夢を見たよ」きみはまずそう言った。わたしはなにも言わなかった。そこで、きみはその夢の話をし始めて、わたしは聞き始めた。すてきな夢だった。スケールは控えめだけれど、感情は控えめではなかった。夢にはわたしが出ていて、きみも出ていて、ほかの女の子たちもいた。ヒッチコックみたいなモチーフだらけだった。西部劇の舞台で。その夢には、いつか聞きたいとわたしがかつて待っていて、でも待っているうちに遠のいてはっきりしなくなってしまったものも出てきた。そして、話し終えると、きみは待った。

回線の反対側で、わたしは口を開きかけた。壊れた声帯を打ち鳴らそうとしたけれど、濡れた火打ち石を火打ち金《がね》にぶつけるようなものだった。出てきたのは、猛禽類のきーきーという声だった。出てきたのは、ぴかぴかの金属が当たる音だった。

「もしもし」ときみは言った。「もしもし」

電話を切ってもらおうとわたしは待ったけれど、きみはそのまま待っていた。外では、雪がブリザードの群れになって降っていて、音もなく、歩道や建物、街を消し去ろうとしていた。きみの声は柔らかくなった。イヌホオズキの芽を出させた。「聞いてくれ」ときみは言った。「切らないで。聞いてくれたらいいんだ」

戻ること

目を覚ますと、ほとんど人のいない飛行機の機内だった。だれかに肩を揺さぶられている。「はい、すみません」と私はごにょごにょ言って、まばたきした。「すみません。ほんとにごめんなさい」

「起きなさい」キャビンクルーが命じてきた。

すると私は、座席の下にあるショルダーバッグをつかんで、学校に遅刻してしまうみたいにがばっと立ち上がった。乗客はみんないなくなっていた。ピーターらしくない。私がこんなふうにじたばたしていて、自分がどこにいるのかもよくわからず、他人の目の前で乾いた目やにをこすり取っているのを放っていくなんて。

「なにか忘れてる？」とキャビンクルーは訊いてきた。「チェックして」

私は頭上の荷物入れを覗き込んだ。ピーターは少なくとも、ふたり共用の機内持ち込みスーツケースは持っていっている。「これでぜんぶだと思います。ありがとう」と私は言った。キャビンクルーの名札には「アミナ」と書いてあった。

「よかった」彼女はうなずいて、私を通してくれた。

最後に覚えているのは、緊急時に酸素マスクを着けるやり方をアミナが見せてくれていたことだ。エコノミークラスとファーストクラスを仕切るカーテンの前に立って、緊急事態発生時の手順を無言で実演していた。緊急着水の際には、座席のクッションがいかだの代わりになります。私はそこで目を閉じた。睡眠導入薬が効き始めていた。墜落するとなったら、夫が酸素マスクを私に着けてくれるはずだ。私の座席クッションを膨らませてくれるはずだ。破局を前にして、結婚生活をやり直せる。

飛行機から降りた。出口のところにもピーターはいない。英語で印刷された歓迎の看板が、到着する旅行客すべてに挨拶している。**ガルボザはすべての人を歓迎します。**

ガルボザ唯一の、小さくて古びた空港は、灰色のコンクリートブロックで造られた共産主義の建築物だった。まわりにある標識はどれも、キリル文字っぽいガルボザ語で書かれていた。手荷物受取所、トイレ、などなど。でも、目を引いたのは、ひと目でわかるブランドの店がないことだ。スターバックスも、ハドソンニュースも、YSLのタバコのカートンやダビドフの香水を売る免税店もない。搭乗ゲートの横の古びたカフェは、店名がわかるような看板もなければネオンサインもない。店舗用のBGMすらかかっていない。蛍光灯がぼんやり低い音を出しているだけだ。

小さな建物だから、そのうちどちらかが相手を見つけるだろう。私は空港を歩き回って、ばらばらになった人たちを眺めた。夫の故郷の国に来るのは初めてだった。

大きな窓からは、空港の境界になっている川の向こう、丘の上に市街地があるのが見える。そこがガルボザの首都、ガルボザだった。ガルボザ国ガルボザ市だ。降りた乗客たちはもう、スーツケースをごろごろ引いて橋を渡っているところだった。すぐ近くにあるので、教会の鐘の音が聞こえるくらいだった。そして、小さくて赤い国旗があちこちではためいていて、野原には羊がぽつぽつといて、その東側に森があるのが見えた。一度、美術館にあるブリューゲルの絵の前で、ピーターは片手で顔を覆ってナプキンのようにくしゃくしゃにして、抑えようもなく涙したので、ふたりとも警備員に追い出されたことがあった。彼は美術館のトイレでひと息つくという尊厳すら許してもらえなかった。

空港の窓の前に立っていると、目覚めたばかりの人によくある冴えた頭で理解した。ガルボザは、ブリューゲルの絵に似ている。

男性用トイレの前に列ができていた。そこにもピーターはいない。さらに進んでいく。海が描かれた壁画のあるレストラン、だれもいない靴磨きコーナー、外貨両替所、旅行用品店。その店の品ぞろえはとりとめがなかった。靴ひも、無名ブランド「デュラコグ」の電池、だれかのお母さんが詰めたみたいな、サンドイッチ用のビニール袋に入ったナッツとドライフルーツのミックス。ガルボザの伝統織物を縫い合わせて豆か麦を詰め込んだ、でこぼこの旅行用ネックピロー。

税関エリアに来たところで、私は回れ右をした。ふたりのパスポートとビザは機内持ち込み手荷物に入っていて、それをピーターが持っていってしまった。私を置いて税関を通過する、なんてことはしないはずだ。

搭乗ゲートに引き返して、航空会社のサービスカウンターのところにまた行った。そこで、名札に「セルク」と書いてあるスタッフに、困ったことになりましたと言った。自分の名前を伝えた。「夫が見当たらないんです。同じ飛行機から降りたところなんです。インターコムで、ここに来てほしいって呼び出してもらえたりしますか?」

「それはめずらしいです」セルクは警戒するように私を見た。銀色の筋が入った眉毛が、疑わしそうにぎゅっと寄る。「あなた、ガルボザの人ですか?」

私はどこを取ってもガルボザ人らしくない見た目なのに、変なことを訊いてくる。民族的属性を聞き出そうとする雑なやり方だな、と思った。「アメリカ人です」と私は言って、親はどこの出身なのかと言われる前に、こう言葉を継いだ。「でも、夫はガルボザ生まれです。ガルボザ系アメリカ人です」それで、呼び出しの依頼を受け付けてもらえるだろうか。

セルクはうなずいた。「彼の名前は?」私が伝えると、それですべてわかったみたいに笑顔になった。「ああ。それでは名前はピーターじゃないです。ペトルですよ。それがガルボザ人のほんとうの名前です」

「はい、その名前もときどき使ってます。でも、アメリカのパスポートではピーターっていう名前で」私は言い争っているみたいになった。

「ここではペトルです」セルクはコンピューターにしばらく目をやった。「〈朝の祭り〉のために来ましたか?」

「はい。楽しみにしています」私は感じのいい笑顔を見せた。

「ああ。昔は世界じゅうから観光客が来ました。とくにアメリカから。だからみんな英語を覚えた。いまでは、祭りに行くのはガルボザ人だけです。最近はほとんど観光客を迎えることがない。来たあなたは勇敢です」彼はコンピューターの画面に気を取られている。なにかを確認しているのかもしれない。

「勇敢っていうのはどういう――」

「オーケー」とセルクは私を遮った。まだ画面を見ている。「スピーカーから、会いに来るよう夫にアナウンスします。カフェに行ってください。あなたに会いに来るように言います」彼はゲートの横にあるカフェのほうを身振りで示した。そこが待ち合わせ場所になるのだろう。「いなくなった夫という謎を解きましょう」


彼はしょっちゅう仕事をしていた。だから、私はしょっちゅうひとりきりだった。寂しかったかというとちがう。夕食の支度といった家事がないと、時間がだだっ広いことに驚いただけだ。驚いただけでなく、主婦だったらそれを埋めることになる家事が恥ずかしくなった。オーガニックな農作物やタンパク質を調達して料理して、どこの文化のものかわからないサーモンブロッコリーキヌアボウルといったものを作る――そうしたことが急に、結婚という壮大なショーのように思えた。ショーといっても、だれも見ていないのだが。料理をしないことで自由になった時間を、私は執筆にあてることになっていた。

自分ひとりだと、あまり食べたいと思わなかったし、食べる必要もなかった。チップスとフムスとか、ベリーを入れたヨーグルトとかで十分だ。なにかをふたつ合わせれば食事になる。三つ合わせればカクテルができる。ひとりのときは、毎晩ライムを入れたウォッカのソーダ割りを少なくとも一杯飲んだ。二杯目は魔法瓶に入れて、ほろ酔いで近所を歩きながら飲んだ。そうすることで、眠れた。

そうしてひとりで過ごしていたある晩、ずっと歩いていって、非公式の大学同窓会の集まりに出た。だれかの家が会場で、どちらかといえば友人や知人同士の小さな会だった。そこへ向かう道を、川が横切っていた。私は川の西側、なじみのない地区を歩いていき、整備がされていなくて沼地みたいな川岸にタグボートが停泊している場所や、鶏をその場で絞めて売ってくれる鶏肉店、雑草がぼうぼうに生えた公園、メキシコ系アイスキャンディー店のホットピンクやライムグリーン色の店先、ほとんどは人工皮革の小型ソファーが並ぶポーランド系の家具ショールーム、金色の葉の模様がついた円柱があるカンボジア人コミュニティーセンターの入口、数え切れない東欧系の居酒屋の前を通っていった。

着いたところは控えめなバンガロースタイルの家だった。手入れがされずに伸びたモミの枝をかき分けて、ドアベルを鳴らした。

「靴を脱いでもらってもいいかな」というのが、卒業してから初めてYからかけられた言葉だった。つまり、そこはYの家なのだろう。それほど親しくはなかったが、大学時代の私とYは同じ友達付き合いの輪にいて、同じパーティーに出ていた。

「もちろん」私はブーツを脱いだ。リビングでは十人くらいの客がたむろしていて、紙皿に載せたカナッペをちまちま食べていた。見覚えのある顔だ、とすぐわかる人はいなかった。私を誘ってくれた友達は、まだ来ていなかった。赤ちゃんの泣き声がする。期待とはちょっとちがうパーティーに来てしまった感はあったが、私たちも三十代半ばなのだから、子どもや配偶者がいるのに驚くほうがどうかしている。

がやがや響く会話は、おたがいの仕事の近況や新しい家の話をしているらしかった。私もひととおり回って、きれいなハンカチみたいな顔を見せてから帰ろう、と思った。

横にいた幼児が、小さなテーブルに歩いていった。テーブルの上にはオレンジジュースの入ったコップがひとつある。私はそのコップを差し出したが、その子は足をばたばたさせるだけで、近づいてこれずに不満そうだ。母親がやってきて、「勝手に離れちゃだめって言ったでしょ」と言った。ひもをつけられているんだ、と私は気がついた。母親の手に、グログランのストラップが巻きついていた。

「ちょっとジュースが欲しいだけだと思いますけど」私は彼女にコップを見せた。

母親は鼻にしわを寄せた。「それはジュースじゃなくて、カクテルでしょ。ここからでも匂いでわかる」

「おっと、すみません」私は連帯責任があるような気がした。「私のじゃないです。捨てておきますね」

「それなら僕がやっておくよ」Yがいた。後ろからやってきていて、私の手からコップを取った。

「ほらね、だからひとりで走り回るのはだめなの」と母親は子どもに言い、子どもは不満げに母親のスカートを引っ張っていた。彼女は私を見た。「お子さんはいるの?」

「いえ。少なくともひとりは欲しいって夫は言ってますけど」

「あなたもそう思ってるってことかしらね」彼女は微笑んでいた。

「まあ、いまのところは家を買うためにがんばっていて」と、私は家と子どもが二者択一のものであるかのように言った。

彼女はうなずいた。私が言ったことを、私よりもよく理解しているのだ。結婚、家、出産という一直線の物語を。「いまを楽しんでね」

「どうも」ほかになにを言えばいいのかわからなかった。

キッチンで、きみのためになにか作るよとYは言い、カウンターのところに腰かけた私は、意外なものを作ってみてと言った。彼はいくつかの材料を二重構造のグラスに入れて、オレンジにナイフを当てた。私の前にお酒が現れた。

「ネグローニだよ」彼はためらった。「大学のとき好きだったよね」

「そうだった？」私はひと口飲んだ。柑橘の味がして、少し甘すぎた。「大学のときだったら、たしかにこういうの好きになったかも」と言いつつ、それが嘘なのかどうかはよくわからなかった。どうやらYは、私とベサニー・ウーを取り違えているようだ。比較文学専攻のアジア系学生は、私と彼女のふたりだけだった。あのころは、よく間違われた。

「ちがった？」Yは私の微妙な表情に気がついた。

「昔なつかしい感じ」と、私は如才なく言った。彼がだれかと取り違えているのだとしても、私がいまそれを楽しんでいるのなら、それでいい。

Yは私をしばらく眺めた。「きみは作家になったって聞いたんだけど」

「何年か前に小説を出した」どうやら人違いしているわけではなさそうだ。「でも、最近はあんまり書いてなくて。いまはどっちかっていうと〈主婦〉をやってる」と私は言って、不格好な括弧《かっこ》を宙に描いてみせた。どうして、だれかの期待に対して予防線を張るようなことをしているのか、自分でもわからなかった。

「ああ、そうか」と彼は言って、礼儀正しく話を引っ込めた。「まあ、読んでおくよ」

「どうも」ここは感謝するしかない。私は話題を変えた。「今夜は家族連れがけっこういるね。みんなが子どもを連れてくるパーティーは初めてかも」

「みんなそういうライフステージなんだろうな」と言う彼は、あまり興味なさげな口ぶりだった。

「だれもがそうだってわけじゃないけど。僕はまだ、ここでひとり暮らしをしてる。たぶんこの先もずっとそうだな」

彼の家のがらんとしたキッチン、床のすり減ったタイルを私は見回した。「すてきな家だね」

「あちこち傷んできた」と、Yは私のお世辞を遮って言った。ぶっきらぼうだったことに気がついて、こう付け足した。「家で仕事をしてるから、ここにいる時間が長いんだよ」

「一日じゅう家にいるって、どんな仕事？」

「僕も作家、みたいなもんだよ」風刺漫画の仕事をしていて、ペンネームでグラフィックノベルも一冊出版した、という話だった。「五年前に出た」

「それ、どこかで見てるかも」彼がタイトルを言ってくれるのを、私は待った。

「まあ、そうかもね」彼はお酒をひと口飲んで、それ以上はなにも言わなかった。私は思い出した。学部生のころはいつも、Yにはなんとなくいらいらさせられた。いつも、その場にいるだけで、人付き合いをしようという素振りを見せない。自分はそこにいるのが当然という振る舞いをできるなんて、どれだけ偉いのか。そのころのわたしは、自分がそこにいることを正当化しようと躍起になっていた。

私はグラスを置いた。「よかったら、家を見て回ってもいいかな」

「もちろん」

階段を上がった。二階には寝室と書斎があって、どちらも空っぽか、わずかに家具があるだけだ。家でしっかりインテリアが整えられているのはリビングだけだった。どちらが嘘くさいか――リビングか、それともほかの部屋か？

書斎の本棚のひとつに、『到着の誤信（心理学用語で、目標に到着したら幸せになれるという誤った考え）』というグラフィックノベルが何冊かあった。冒頭の何ページかをめくってみると、細くて不安定で、陰鬱な線の描き方にはしっかり見覚えがあった。前に読んだことがある本だ。何年ものあいだ、その作者がＹだとは知らなかった。

その本を棚に戻した。私の家にも一冊あった。

一階に戻ると、リビングにいる客の数が増えていた。友達の姿はまだない。Ｙも、客が固まっているところに移っていたが、親しく交わっているようには見えない。大学のときと同じように、そこに立っているだけという雰囲気だった。今回の印象はちがった。前は人を見下しているようだと勘違いしていたが、それは自分を受け入れているだけだったのだ。ほかの人たちとはちがって、Ｙは自分という潮の流れに逆らって泳ごうとはしないのだ。

彼と目が合って、私はさよならと小さく手を振った。そっと、外に出た。

家に帰っても、ピーターはまだ帰ってきてはいないだろう。家を買う資金のために、「真実と半真実」というフィクションとメモワールを扱う夜間クラスを余分に担当していた。自伝と自伝的小説の微妙なちがいを議論するのだ。彼お得意の論法はわかっていた。まずは、もうひとつの自己という話を始めて、メモワールの境界線を押し広げ自伝をより深いものにするフィクションの力について語るのだ。

「フィクションはもうひとつの自己のための空間になります」と彼は受講者たちに言い、ホワイトボードに氷山を描き、水上に出ている部分よりもはるかに大きな水中の部分を示す。「しばしば、私たちのべつの自己のための幻想空間になってくれるのです」じっさいには、ピーターは「サブリミナル空間」とよく言う。彼は学生を惹きつけるタイプの教師だった。話をじっくり聞いてくれて、温かく見守ってくれるという印象を与えるからだ。

アパートメントに戻ってみると、物や食べかすがあちこちに散らかっていた。歯磨きをして、顔を洗って、化粧水をつけた。『到着の誤信』を見つけた。鉄観音茶を淹れて、ベッドでゆっくり飲みながら本をめくり、どんな結末だったか思い出そうとした。

通過する自動車のヘッドライトが壁や天井を横切っていくのを見ながら、私は眠りについた。

「僕のことは気にしないで」と、あとで夫は言いながら、私を起こさないように花柄の上掛けのなかにそっとすべり込んできた。彼が通り過ぎた工事現場の、チョークのような匂いがした。その地区には、文化財指定された二十世紀初頭の教会や学校が多くあり、それが急ピッチで豪華マンションに改装されているところだった。

結婚したてのころ、私はよき主婦であろうと執念を燃やしていた。ままごとをしているようだった。彼より先に起きて、コーヒーを淹れる。毎週花を買ってきて入れ替える。さまざまな家庭用品の有毒レベルと生物分解性を調べる。ふたりとも移民で、それぞれの出身地では生野菜を食べるなんて非文明的だと思われていたが、いろいろなサラダのドレッシングを一から手作りする。バスルームのタイルのすき間に水垢がある、と想像してきれいにこすり取る。そして、食器洗い機には頼らずに、皿は手洗いする。真冬には水が手を刺してくるようで、あとで高価なハンドクリームを塗っていると、奇妙な、本分を守っているという悦びが得られるのだ。

ピーターにそうしたことを強いられたわけでも、期待されていたわけでもない。やらねばというプレッシャーは、私の内部から出ていた。

『到着の誤信』は、宇宙でのミッションを無事に終えたチームが地球に戻る様子を描いている。地球にそっくりで、ただし文明の手が入っておらず天然資源が豊かな惑星を、チームはついに特定していた。その発見により、経済危機と気候危機により数が激減していた人類に、その星に入植するという道が拓《ひら》かれるはずだ。

地球に帰還してすぐ、チームのメンバーたちは、自分たちを雇った私企業が倒産して廃業していたことを知る。自分たちのミッションの記録はすべて消えてしまっている。地球の時間でいえば二百年近く行っていたミッションだった。彼らの帰りを待つ人はおらず、妻子もみなとっくに世を去っている。宇宙船はひとまず、政府の航空部門に迎えられるが、チームを待っているのは疑いの目だ。彼らの話を聞くと、役人のひとりがついに、苛立った口調で訊ねる。「だれにこんなことを頼まれた？どうしてこんな仕事を引き受けようと思ったんだ？」

空港のスピーカーから、音が歪んだガルボザ語で、ピーターの名前が呼ばれているのが聞こえた。ペトルと呼ばれて、彼は自分のことだと気づくだろうか。それで戻ってくるだろうか。アナウンスが続くと、言葉は雑音でぼやけ、音響システムは壊れそうになった。

カフェのカウンターで、私はへり下った態度で、赤いフルーツが入ったケーキとピンクのゼリーを指さして注文した。それから、レジのところにあるガラス瓶から、カモミールっぽく見えるティーバッグを取った。

トレーを持って、大きな窓にいちばん近いテーブルに席を取った。だれかが横に座ってくる気配がした。「ずっとなにしてたの？」と言って振り返ると、女の人だった。「うわ、ごめんなさい」

さっきのキャビンクルーだった。アミナという名前の人だ。もう髪は束ねていないし、目元のメーキャップも取っていたので、ちがう人に見えた。「まだ夫を待っているの？」と訊いてきた。

「空港を回ってみたけど、どこにもいなくて」私は口調を変えて、軽くおしゃべりをしようとした。「夫はガルボザの生まれなんです。子どものころはここで暮らしていて。でも、私は初めて来ました」

「ここにいるか、いないか、どっちかね。小さな空港だから」と彼女は言って、ミートパイにぐさりとナイフを突き立てると、黄色い油がにじみ出てきた。

「夫はここにいます」頼んでもいないのに助言されたのが苛立たしいのか、それとも守りに入ったような自分の返事が苛立たしいのか。「私たち、今夜は〈朝の祭り〉に行きますから」

アミナはパイにかぶりつき、ずっともぐもぐ嚙んでいるので、ちゃんと聞こえたのか私は心配になった。ようやく彼女は口を開いた。「ガルボザ語では、朝という言葉には夜という意味もある。同じ言葉。だから、〈朝の祭り〉は〈夜の祭り〉でもいい」

「そうですか。ずっと前から、〈朝の祭り〉なのにどうして夜にやるんだろうと不思議でした」私は礼儀正しく微笑むと、お茶をひと口すすった。カモミールではなかった。スモーキーで、干し草みたいな香りがした。

「朝と夜の両方！　埋めるのは夜にして、掘り返すのが朝」彼女は舌打ちをした。「ガルボザのことを彼からなにも聞いていない？」

「埋めるとか掘り返すとか、なにも言っていませんでした」私はかわいそうなアメリカ人だった。ピーターから聞いていたのは、夜に祭りがあるということ、参加者は今後の抱負を紙切れに書いて、かがり火に投げ入れ、あとで神聖な水がその火にかけられる、ということだった。運がよければ、朝には抱負が現実のものになっていて、なんらかの形でよりよい人間になれる。知っているのはそれだけだった。「変身についての祭りだとしか言われていません」

「埋められるんだよ」アミナは力説した。「森にひと晩埋められて、朝に出してもらう。掘り返される。運がよかったら、いわゆる変身ができる」

「すごいですね」私は半信半疑でお茶をすすった。「自分でもやってみたことはあります？」

「あなたが病気で、ほかにどうしようもないなら、そのときにやるんだよ」アミナは私の質問を無視して話を続けた。「私のおばさんは、いわゆる鬱で、〈朝の祭り〉に出た。そのあと具合がよくなった。幸せにはならなかったけど、ベッドから起きて、仕事をして、料理して、子どもの世話ができた。つまり、ふつうのことができた」彼女は私を見つめた。「で、あなたはどこが悪いの？　なにを治すの？」

私はもぞもぞした。「その、きっとだれでも、できることなら――」

「具体的なことじゃないと、うまくはいかない」アミナはふたたび自分の皿に目を向け、残りのミートパイを切り分けた。「問題はね」と続けた。「全員が朝まで生き残れはしないこと。農場の事故で片腕を失ったいとこがいた。その腕はまた生えてきたけど、いとこは生き残らなかった」彼女は私のトレーの上でまだ手つかずになっている品をちらりと見た。「食べていないね」

私はフルーツが宙に浮いたピンク色のゼリーをひと口食べた。すると、豚の煮こごりだった。うろたえていないふうを装った。アミナの視線を浴びながら、注文したつもりはなかった豚肉をもぐもぐ噛んだ。私がそれを飲み込んだところで、彼女は窓の外に目を向けた。

「あなたの夫だ！　あれ、あなたの夫だ、ちがう？」と、指さしながら訊いてきた。

そこで川のほうを見ると、彼がいた。というか、彼の背中が見えた。でも、間違いなく彼だ。私たちの機内持ち込みスーツケースをごろごろと引っ張って、町に向かって橋を渡っている。

私は窓に駆け寄った。「ピーター！」と声を張り上げた。「ピーター！」

「彼には聞こえないよ」とアミナは言った。

でも、驚くべきことに、聞こえたのだ。というか、聞こえているように見えた。彼はためらい、足を止めて、空港のほうに振り返った。ピーターだとわかるくらい近かったが、どんな表情なのかまではわからないくらい遠かった。

彼は一瞬動きを止めて、そしてまた前を向くと、故郷の村に向かってふたたび歩き始めた。

ピーターと出会ったのは、ふたりのデビュー小説が出版された年のプロモーションツアーでのことだった。書店での朗読会、文芸フェスティバル、作家会議、大学訪問、文学賞授賞式、そして作家同士のアフターパーティーからなる生態系が、私たちの目の前にどーんと広がっていた。ある文芸フェスティバルで、おたがいの作品のテーマはぜんぜんちがうのに、私たちは移民作家についてのシンポジウムで一緒に登壇した。壇上で一列に並ぶ私たちは、銃殺刑になるのを待っているかのようだった。その感覚をいくぶん和らげてくれたのは、上品なグラスで飾られた会議用テーブルだった。自分のグラスに水を注ごうとすると、ピッチャーが空で、そもそも水は入っていなかったのだとわかった。装飾用のアイテムでしかなかった。

司会者からは、自己紹介をお願いしますと言われた。「まずは、ちょっと先走って、みなさんのそれぞれに、小説のなかで過去がどのように表現されているのかをお話しいただきたいと思います。終わりから始めて、議論を深めていきましょう」

私の横にいた作家が口を開いた。「僕の小説『帰郷』は、現実から幻想の世界に移っていきます。主人公が秘かに求めていたものを、僕はすべて与えました。主人公は自分の過去と故郷を美化しています。そこで、主人公が帰国したときには、すべてを彼の記憶にあるとおりに戻しました。もちろん、それは主人公にとって悪夢のようになってしまいます。なんといっても、ほんとうの帰郷なんてものは存在しませんから」

ピーターはこのシンポジウムの実質的なスターなのだ、と私は気がついた。イベントのタイトルも、彼の小説をもとにしたものだった。小説はすでにベストセラーになっていた。書評はこぞって、彼が受け取った巨額の契約金に触れ、『帰郷』については、ファシスト政権からの逃亡を寓話的に描いたという線でとらえ、記憶と移住という主題にも触れていた。そのメッセージ性は、曖昧であると同時に凝り固まっていて、売ることに特化しているように思えた。ものすごく読みやすいが、それほどおもしろくない、というのが私の印象だった。読んでいたわけではないけれど。

眼鏡をかけて、ボタンアップのシャツを着たピーターは、聴衆の前で身じろぎひとつせず、なにを話してもほんとうのことに聞こえそうな真摯な口調で話していた。私はそういう作家には用心していた。でも、テーブルの下にある両手はエボシガイのようにぎこちなく動き、じっとりと湿って関節が太く、間抜けな感じだった。私の視線に気づくと、彼は目配せしてきた。ほかのだれもほとんど気がつかないような、俳優が役柄から抜け出る一瞬だった。

次が私の番だった。「私の本に出てくる夫婦は、夢見る未来のために時間とお金を注ぎ込んで計画を立てますが、その夢は実現しません」私は話の流れを見失って、言葉を切った。「えっと、そこでふたりは、最高の未来が待っているだろうという幻想に頼って、人生を変えるような大きな決定をします。でも、妻はやがてその魔法から抜け出しますが、夫はそうはなりません。ふたりは別々の時間軸に分かれてしまいます」

私はというと、ためらいがちで動きは遅く、聴衆を前にするとロボットのようだった。

本のプロモーションツアーに出ていると、自分がささやかな遺産の執行人になった気がした。故人の遺志を解釈してそのとおりに動き、彼女の執筆プロセスを再現し、思考をたどり直し、代わりにそれを人々に語る。なぜなら、私は彼女に似ているからだ。なぜなら、私は彼女の体に居座っているからだ。その体からは、朝にはそっと泣き叫ぶような音が発せられ、午後になると、やるせない涙がどっとあふれ、すると私は顔を洗い、コンシーラーを不器用に使って、目の下の肌を直す。見せるべきはただひとつ、感謝しているという態度なのだ。

小説を書き始めたのは二十代のときで、出版されたときには三十代半ばになっていた。夢に入ったときと、夢から目覚めたときでは別人になっていた。私は寝過ごしてしまい、眠っているあいだに、友人たちは郊外に移り、育児を始めていた。みんなの人生は進んでいるのに、私の人生は凍りついたまま、ようやく解けかけているところだった。

その年、私は迷信めいた振る舞いに身を任せた。イベントがあるたび、その前後には儀式のように電子タバコを吸った。自分をどんよりくすんだ色で覆い隠すかのように、チャコールグレーとネイビーと黒色の服しか着なかった。そしてラベンダーで自分を浸すことにして、シャツの袖やホテルのシーツにはラベンダーのエッセンシャルオイルをぽたぽた振りかけた。苦い後味は苦手なのに、ラベンダーティーを一日一杯飲んだ。そうした強迫的なルールがどこから出てきたのか、自分を守るためのその場しのぎの魔法だったのか、ストレスからきた強迫性障害の症状だったのかはよくわからなかった。でも、だれも見ていないし興味を示さなくなっても、ずっと続けていた。

未来に向かうためには、もうひとつの自己が必要だったのだ。

シンポジウムが終わったあと、作家たちはピーターのアパートメントに行き着いた。数時間、みんなでワインを飲んで、順番にレコードをかけた。そして、おたがいから絞り出せる噂話はすべて絞り尽くすと、ひとりまたひとりと去っていき、バーに向かう人もいれば帰りの飛行機に乗るために空港に向かう人もいた。最後のひとりになった私が、そろそろ帰ろうとすると、「晩ごはんは食べた？」とピーターが訊いてきた。彼はシチュー用に野菜を切り始めた。私が思っていたよりもかなり複雑な手順だった。でも、酸味がすごくおいしいガルボザ風スープだった。色鮮やかなレモンを、野菜のスープに絞り入れるのだ。

「すごくおいしい」と私は言った。「みんな残ってたら、これを食べられたのに」

「でも、僕が残ってほしかったのはきみだけだよ」その口ぶりは、とてもあっさりしていて率直で、明々白々なことを言っている感じだった。あまりに直接的で、私は彼を見られず、言葉に詰まってしまった。ピーターには、犬のようなところがあった。自意識なく自分自身でいられる、ということだ。自分を疑ったり、自分がなにを求めているのか疑うということがない。それから、寝る前には頭を撫でてもらうのが好きで、まるで私が飼い主のようだった。それとも、そうすることで私を飼い主にしたのかもしれない。

私は一日半そこに残り、泳いでいる人が息継ぎをするように彼のアパートメントから飛び出した。ようやく出てきたときには、火曜日の午後になっていた。さっきまでは彼のアパートメントの路地側の窓からちらりと見えていたウィリアムズバーグ橋は、耐えがたいほどまぶしい日光で色が抜けたようだった。橋を歩いていって、川の向こうを見ながら、荷物を積んだトラックの往来でケーブルが揺れるときに下の奈落を感じていると、私はびっくりして、自分のキャラクターから押し出された気分になった。そんなことをするのは初めてだった。初対面の人のアパートメントにお泊まりするような人間ではない。別人になってしまった自分を、世界はまた吸い込んでくれる。なんて不思議なんだろうと思った。

そのころのピーターは、まだニューヨークに住んでいた。そのあと、私と暮らすためにシカゴに移ってきた。

プロポーズされたのは、出会ってから一年後だった。まるで映画の一場面のように、ふたりとも初めて行く本格的なレストランでの出来事だった。片ひざをついた彼は、ロマンス映画の主演俳優っぽくて、そのだれかをまねしていたのかもしれない。手のひらには、小さなベルベットの箱が載っていた。「それ、なに?」と言いながら私は胃がきりきりした。もちろん、婚約指輪だ。**ダイヤモンド**は**永遠の証**。その硬く、光り輝く、私たちふたりが死んだあとも残る宝石を、私は見つめた。私の死骸を飾るのにお金を使うなんて無駄なことしないで、と思った。

自分の心に生じていた無情さに、私は気がつかなかった。

彼はまだひざをついていて、ほかの食事客も見守っている。私は待たせすぎていた。いつかは結婚するのだろうとは思っていたが、それはぼんやりした遠い未来でしかなかった。でも、もう三十六歳だった。もし、未来の自分のことを考えて「イエス」と言ったらどうなるのか?

ピーターは箱から指輪を取り出した。「つけてみて。お願いだ」

私が片手を差し出すと、彼はするりと指輪をはめた。食事客のあいだから拍手が起きた。

「受賞賞金で指輪を買った」と、ふたりともまた席に腰を下ろすとピーターは言った。クリエイティブな労働と引き換えに、変わらぬ愛の象徴を手に入れる。それはロマンティックなはずだったが、私は心配になった。たいていのクリエイティブな人のキャリアは、谷あり台地あり砂漠ありなのに、彼は自分の作家人生をロケットの上昇軌道のように考えている。

「これかなりの値段だったんじゃないの。やりすぎだよ」指輪ひとつの値段で、一年間は創作に専念できる。私はつい言ってしまった。「ただのシンボルなのに」

「でも、高くなきゃだめなんだよ」ピーターは傷ついた顔になった。「けっこうな負担があるべきなんだ。僕の愛がいかに真剣かを示すものなんだから」

「その気持ちで十分ってことじゃだめなの？」

「だって、人は変わるものだからさ。感情はつかの間の、気まぐれなものかもしれない。だから、なにか真剣で贅沢なものに気持ちを結びつけることが大事なんだ」

私は指輪を見つめた。ダイヤモンドのまわりには、小粒の石がずらりと輝いていて、間近で見るとうっとりした。「どんな将来になると思う？」と私は訊ねた。

「そうだな」僕は伝統の価値を信じてる、伝統というのはすべての世代を導くためにあるんだ、と彼は言った。両親、祖父母と同じものが欲しい。過去にあったものが欲しい。そして一家代々のもの、自分たちを超えて残るものに系譜を託すのはいいなと思ってる、とも言った。ピーターも私も、移民の家庭の生まれだった。両親が相当な危険を冒したおかげで、いま、その危険に見合うだけ稼げるか、親が成し遂げたことにさらに上乗せできるかどうかは私たち次第だった。移民の義務とは、土地を買って子孫を増やすことだ。「きみも僕と同じだよ」と彼は言った。夫婦なのに、第二言語でしか話ができないなんて変じゃないか？　私の耳のなかで、血の流れる音が大きくなった。彼の声は遠のき、はるか彼方から届くかすかな波長でしかなくなり、そのうち彼が私の手を取ると、いきなりレストランが騒々しくなって無差別になり、私たちのいるテーブルはむき出しで、みんなの見世物になっているように思えた。

「いまはまだ気がついてないかもしれないけどさ」と彼は言った。指輪のことだった。「いつか、よかったと思うようになるよ。きっときみも、時を超えるものがあってよかったと思える」

ある老いた男が、退職を目前にしたところで、祖国の全体主義体制がついに打倒されたと知る。ピーターの小説『帰郷』はそうして始まる。新しい民主的政府の誕生に勇気づけられ、国は世界に向けて国境を開いている。男は十代のころに国を脱出し、隣国の親切な夫婦に育ててもらっていた。成人してからは、生命保険会社で統計アナリストとして働き、そのあとの歳月のほとんどは、同じ独身者用アパートメントで暮らし、やりすぎなほど禁欲的で質素な生活を続けてきた。

故国のニュースを耳にして、男は故郷である田舎の村に行く切符を予約する。胸躍る旅支度が、慌ただしく進められる。お土産を買う——チョコレート、お酒、市販薬、ビタミンのサプリメント、シルクのスカーフ、想像上の姪や甥たちのためのレゴセットまで。全体主義政権による規制が厳しかったのと、村が辺鄙《へんぴ》なところにあるせいもあって、出国してからは家族と連絡を取っていない。両親はもう世を去っているかもしれないが、きょうだいやいとこたち、その子どもたちや孫たちには会えるだろうと考える。

飛行機に乗り、そしてバスに乗って、曲がりくねる川のほとりにある村へと戻る。一日半がかりの移動だ。近づくにつれ、風景はなじみのあるものになっていき、記憶にある風景とほとんど同一になっていく。いまも変わらず紫色の野の花が道端に咲く埃っぽい小道を歩いていき、泥と糞《ふん》で作った壁のある、かつての家にたどり着いて扉をノックすると、母親が扉を開ける。男は驚きで言葉を失う。すると、父親が出てくる。「だれだ?」

両親は男が覚えているままの姿だ。問題はそこだ。「旅の者です」と、どうにか男は言い、真実をもっともらしい形にする。昔、この村で知っていた一家がいるのですが、どうにも見つけられないのです。

両親は温かい態度で、家のなかに招じ入れてくれる。彼のきょうだいはみな、まだ子どもだ。みんなで夕食の席に着くと、彼がもう忘れていた壊れた家庭用品が並べられている。歯が折れたフォーク、欠けたスプーン。しみの浮き出た手を震わせつつ、男はそれに触れる。母親が、シチューの入ったボウルを彼の前に置く。

「どうぞ召し上がって」と母親は老いた男に言う。「遠くからいらっしゃったんだから」

ガルボザの空港は夕方近くになっていた。数時間前に出てきた搭乗ゲートの前で、またカウンターでセルクを相手に、私は口を開いた。言葉がランダムにあふれ出した。「夫が、私抜きで空港からふらふら出ていったんです。それでも入国する方法はありますか?」

「パスポートを見せてもらえますか?」セルクがなにを考えているのか、表情からは読めなかった。

私の心は沈んだ。「パスポートは機内持ち込み手荷物に入っているんです。それを夫が持っていってしまったので」

「パスポートがないと、ガルボザに入ることはできません」セルクの口ぶりは、叱責しているというよりも、世の中の常識を子どもに教えているという感じだった。「それが規則です」

「わかります。でも、ほかの書類はあるんです」私はトートバッグをごそごそ漁って財布を見つけ、運転免許証を出した。「ほら。これでなんとかなりますか？」なんとかならないだろうとはわかっていた。

セルクは免許証を見つめ、私の顔と、何年も前に撮った写真を見比べた。口をすぼめて、私の過去と現在がつながるかどうか見定めていた。「たしかにあなたですね」と彼は認めた。「ですが、これでは無理です」

「税関に行って、夫の事情を説明してみるとか――」

「私たちの責任外なんですよ、その……」セルクは言い淀んで、正しい言葉を探した。「夫婦間の口論については」

「夫婦間の口論をしていたわけじゃありません」と私は言った。でも、問題はそれだった。私たちはまったく口論をしていなかった。私はもう一度言ってみた。「夫はその、かっとなるような人じゃないんです」それでも、どうしてピーターに置き去りにされたのかは説明できなかった。

「電話は持ってますか？　〈朝の祭り〉にいるかもしれない」セルクは窓から外を眺めながら言った。

私はその視線を追った。川の向こうで、ガルボザの首都に太陽が沈もうとしている。かすかに教会の鐘の音が聞こえた。じきに、祭りが始まるだろう。私たちは国際電話プランには加入していなかったが、加入していたとしても、ピーターが電話に出てくれるかは怪しいという気がしていた。「私の立場だったら、どうしますか？　いっそのこと……」私はためらった。「いっそのこと、帰りの便の日程を変更して、ひとりで出国するほうがいいですか？」

セルクはため息をついた。「オーケー、アドバイスしましょう。朝まで待ちなさい。様子を見るといい」

「どうして朝まで？」その時点で、私は三時間も空港にいた。まるまるひと晩待つなんて、とんでもなく長い時間に思えた。

「〈朝の祭り〉は朝に終わりますから。彼が戻ってくるなら、朝に戻ってきます」

私はぽかんとした目でセルクを見た。

「もし戻ってこなかったら」とセルクは話を続けた。「そのときは、ええ、アメリカに帰る飛行機の手配をします。でも、朝に戻ってくるかもしれない」それから、彼の口調は鋭くなった。「ですが、パスポートがないのなら、あなたはガルボザには入国しません」その点を強調すべく、彼が身振りで示した出口扉には、せいぜい高校生くらいの年齢の退屈そうな警備員がひとり、折りたたみ椅子に座って持ち場に詰めていた。

私はその警備員を見て、セルクに目を戻した。「あれで私が怖がるだろうと？」

セルクは思わず微笑んだ。「怖くても怖くなくても、どちらにしても待つんです」

出口のそばの折りたたみ椅子には、だれも座っていない。そのことに気づいたとき、事前に練っていた計画なんてなかった。出口扉に警備はない。私は座席から立ち上がり、歩いていって、ひんやりとした手押し棒に体を預けた。扉が開いても警報は鳴り響かず、私はそっと外に出た。両腕にぞわぞわ鳥肌が立った。何時間も物憂げに待ったあと、自分には体があるんだと思い出した。もう暗くなっていて、遠くにかがり火が見えている。祭りはもう始まっていた。

のちに『二週間』という小説になる原稿を私が書き始めたのは、二十八歳になった週、仕事上がりのある夜だった。処置を受けることにするまでの幾晩か、彼女は繰り返し、自分の顔がひびの入った氷の奥に埋もれているのを目にするという夢を見た。これが、ひょっこり頭に浮かんだ書き出しだった。翌朝、夢の辞典で調べてみると、ひびの入った氷というのは老年期の結婚生活の喜びを表す中国の表現だという。これこそ待っていた吉兆だと彼女は思い、ためらいなく免責同意書にサインした。

そのあと、私はたいていは仕事を終えた夜に、家の机で書くようになった。家といっても、暖房の効きすぎたワンルームのアパートメントで、側転のひとつもできないくらい狭かった。爽やかな空気が吸いたくなったら、机の前に手を伸ばして窓をぐいと開ければ、玄関の石段にいる近所の人たちのほろ酔いぎみの笑い声がどっと入ってきた。水が飲みたくなったら、机の右側に流しがある。そのころは、自分というものがはっきりつかめていた。すべては、手を伸ばせばつかめる距離にある。私はものすごい量の水道水を飲んで、タバコを吸い、不規則な生活をして、好きなだけ夜ふかしをして、好きなだけぐったりした状態で仕事に行った。

その長篇小説を書き始めたのは、婚約を破棄して、元彼のアパートメントを出たあとだった。かなり長く付き合っていて、やり残していることといえば結婚だけだっただろう。だから婚約した。でも、別れようかという思いがしょっちゅう胸をよぎるようになって、そのうち避けようがなくなった。元婚約者は、私が結婚式の予定をひたすら先延ばしにしているのにいらいらして、ついには説教してきた。「きみは結婚が人生の不満をぜんぶ解決してくれるはずだって思ってる」と言った。「それで、僕と結婚してもほかの問題が解決しそうにないから幻滅してるんだ。でも、結婚っていうのはそういうものじゃないんだよ」

でも、その「啓示」をもってしても、別れることは阻止できなかった。私は出ていった。

新しく借りたワンルームのアパートメントで、ある夫婦について書いた。不況の時期、その夫婦は自分たちを超低温凍結して将来的に蘇生してもらおうと考える。凍っているあいだに自分たちの資産の価値はかなり上昇しているはずだ——家、個人積立退職年金、企業型年金、持ち株。そのころの景気動向からして、その特定期間、その政治情勢のなかでどうにか生きていこうと努力するよりも、凍結してもらって未来を目指すほうが安上がりだったのだ。

原稿が進まなくなると散歩に出た。小さな消火栓くらいのサイズのわりにはあまり重くない熊よけスプレーの缶を持っていった。元婚約者の父親からもらったスプレー缶だ。アウトドアの服装とキャンプ用品で、金持ちの身分をカモフラージュしている、そんな一家だった。婚約者の家族からもらったものはぜんぶ、ネットで売り払って生活費の足しにした。夜になると、その地区は危ない感じで青々としている。金網フェンスの向こうに、カモミールの畑がゆらゆら揺れる。こっそり徘徊している濃い色のセダンが、歩行者のそばで低速になる。蛍光灯で照らされたアイスキャンディー店から、陽気な音楽が大音量で流れる。それはそれで大自然だった。皮膚が薄く、より柔らかく、より研ぎ澄まされた感じになった。

小説では、夫婦は人工凍結のトップ業者と契約して、自分たちがお金を出せる最長期間である九十二年間にわたって凍結保存してもらうことにする。ところが、その処置を受ける朝になって、妻のほうの凍結室がちょっとした故障で作動しなくなってしまう。麻酔が切れると、業者は妻に、もう一度同じプロセスを繰り返してもらう必要があるが、処置のための準備を徹底するのと、相当な量の鎮静剤を用いるので、二週間待ってもらわないといけないと言う。妻は帰宅する。『二週間』のほとんどは、ひとりで妻が時を待つその二週間を描いている。

私は二十九歳、三十歳、三十一歳と、ただ時を待っていた。そのうち、仕事をやめて貯金を取り崩しながら生活をして、ときおりフリーの仕事をして食いつないでいた。派手な生活は控えていた。外出しなくなったし、デートもしなかった。家賃や生活費はきちんと払っていたが、クリスマスに帰省するとかいった余裕はなかった。そのほうがいいと思っていた。私にはあまり期待できないのだという前例を作っておくほうがいい。自分は自由なんだ、移民としての親の奮闘、親の払った犠牲を、私の人生がどうにか正当化してくれるなんていう期待からは無縁でいられる、というふりをしていた。

この冬、『二週間』を読み終えたYから言われた。結局妻が凍結業者のところには戻らない展開は読めたよ、と。夫のそばで凍らされることを、妻が選ばないだろうと。

「どうしてわかった?」私は言った。

「二週間のんびりしてくださいと言われても、妻はそのあいだになんの予定も入れないだろ。ホテルに泊まるとか、友達の家に泊まりに行くとかもない。ただ家に帰る。しまってあった鍋類を出して、家庭菜園で食べ物を採る。少なくとも僕から見て、それが夫とは一緒にやらないだろうなっていう最初の伏線だった」

暗くて、私にはYの顔の一部しか見えなかった。私たちは、彼の家の二階にある寝室で横になっていた。ここ数か月、私はちょくちょくそこで過ごすようになっていた。午後、暗くなる前に、Yの家に行って仕事をする。ユーライン社の超大型スチールデスクを、彼がリビングに運び込んでくれていたから、私はそこで数時間執筆をして、彼は二階の書斎で仕事をする。私は時の経つのを忘れた。気をつけないと、いきなり夜になっていることもあった。

「すぐに帰らなきゃ」と私はYに言った。ピーターが夜間のクラスを終えて戻ってくるころだ。

「車で送ろうか?」と、Yは毎晩言ってきた。「べつに手間じゃないし」

「バスに乗ればいいから」バスはラッシュアワーにしか走っていない。それを逃せば、歩いて帰ればいい。

「このベッドじゃそそられない?」Yが寝ているのは、ベッドとは呼べないような代物だった。木製の台に上掛けをかぶせただけ、と言ったほうがいい。それが健康にいいのだそうだ。硬い面の上に寝るほうが腰にはいいんだよ、と。

私は微笑んだ。「自分のふわふわしたベッドに慣れてるから。ふわふわした生活に戻らないと」

「ふわふわした生活だと、バスが来る前に紅茶を飲んでもいいのかな?」

「オーケー」私が起き上がると、Yも起き上がった。下りていく階段は、彼の父親の心臓が止まった場所だった。離婚したあとは未婚男性のように暮らしていたその父親から、Yは家を相続した。郊外にある実家では母親が暮らしていて、二番目の夫がそこに住むようになった。実家の壁の飾りは、一九七〇年代に流行ったのを母親が復活させた手作りのマクラメの数々で構成されていた。ときどき母親が、家庭菜園で採れた野菜を入れた袋か料理したものを差し入れとして持ってくる。私が母親を家に入れると、母親は二階に上がって息子の邪魔をするようなことはせず、ただキッチンに荷物を置いていくのだ。私がいることには寛容でいるらしく、手短にいくつか質問をして、私の答えに興味があるふりをしていた。息子と私がどんな関係なのか不思議に思っていたとしても、訊ねてはこなかった。

Yがお湯を沸かす。キッチンで、私たちはカウンターに体を預け、無言でお茶をすする。飲み終えると、私はマグカップを彼に渡した。彼はまだ飲みかけだったが、すぐにマグカップをふたつとも洗い始めた。私はデスクにある自分のものを片づけて、リュックサックに入れた。

「おやすみなさい」と私は言った。

「おやすみ」Yは私ではなく流しを見つめながら言った。熱心にマグカップをこすり、縁のあたりでスポンジをささっと動かし、色つきのリップグロスで私がつけた跡を消して、私のいた痕跡をすべて消し去っていた。まだ、私のことを少し怖がっている。

いまになってYのことを考えてみると、彼は問題でも、解決方法でもなかったのだと思う。

玄関扉のところまで行ってから、振り返った。低い流しにぎこちなくかがみ込むYの姿勢、かくかくした腕の動き。冬のあいだずっと、彼の習慣ががっちり固定されていて、一日の過ごし方も厳密に決まっているのを私は目にしていた。私が帰っていくと、彼は残り物で夕食にして、寝る時間になるまで仕事をする。あらゆることが、極端なほど仕事を中心に、次の作品を中心に回っていた。私だって、ひとり暮らしをしていたらそうなっただろう。そうなってしまうことを、私はなにより恐れていた。自分に課したルールがライフスタイルになるくらい凝り固まってしまって、習性が奥深くにまで広がって、変なところが表に出てばれてしまう。自分に起きるのが怖いと思っていたことでも、Yにあると好ましく思えた。

私は外に出た。彼はキッチンの戸口が作る四角形の光のなかにいて、マグカップを拭いていた。

Yの寝室では、とくになにもしなかった。仕事のあと、ただ並んで横になって、彼のパソコンのスクリーンセーバーの明かりのもとでおしゃべりをした。絶滅した動物をスライドショーで映すスクリーンセーバーだった。ピレネーアイベックス、タスマニアオオカミ、リョコウバト、メキシコハイイログマ、長江にしかいないヨウスコウカワイルカ。

「これって最高に気が滅入るスクリーンセーバーだね」と私は言った。九〇年代の製品かと思うようなパソコンだった。「どれも、自分が種で最後の個体だとわかってるって顔をしてる」

「僕だって、自分が最後の個体かどうかは知りたくなるだろうな。そしたら、つがいの相手を探すのはもうやめて、あとは野となれ山となれって暮らせる」Yは笑った。

何度かセックスを試したかぎり、彼はあまりうまいほうではなかった。それとも、うまくないのは私のほうで、長いあいだ相手が同じでやり方が決まってしまっていたせいかもしれない。Yが下手だったというのは少しちがう。ただ変だったのだ。用心に用心を重ねる様子は、私のことを繊細でか弱いハンカチだと思っているかのようだった。Ｙは直線的で、目的に向かって進んでいた。同じような例を挙げるとすれば、洗面用タオルを使うと、Ｙはその濡れたタオルを決まった動きでぎゅっと一回絞って、水を一滴残らずひねり出す。セックスでも、タオル絞りでも、皿洗いでも、そのほかのあらゆることでも、彼はどこまでも彼らしかった。どこまでも自分らしいせいで、ほかのだれともちがうという寂しさを味わうことになるとしても、気に病んでいる様子はなかった。ライフスタイルがまわりからかけ離れていることが、Ｙの支えになっていた。

日が落ちるころには、外はかなり寒くなる。電車から降りて帰宅していく人たちは、メッセンジャーバッグやテイクアウトの容器を重そうに持って、平和な感じで打ちひしがれている。そんなシカゴの晩冬から逃げられるのなら、なんだって差し出すだろう。とりわけ、休暇が終わってしまったという思いがもっとも深まる一月と二月の時期には、もう祝日やお楽しみの浮ついた気分もなく、虚しく広がっている新しい年、捨ててしまった新年の抱負と向き合い、自分が変われないという事実に身を委ねるしかない。

バスが来た。それに乗ると、みんなのやつれた顔がそれぞれスマホの青い画面で照らされていた。靴の下で、濡れた床がきゅっきゅっと音を立てる。買い物袋が破れて当座の食料が通路に散らばっているのをまたいでいった。卵とヨーグルト、ヨーグルトと卵、量販品のカモミールティーの壊れた箱、座席の下にまで転がったレモン。たったそれだけの品に、ライフスタイルが丸ごと収まっている。私は割れていない卵をいくつか拾い、残らず拾い集めている女性に渡した。彼女のせいではなかったが、少し惨めそうだった。

ひとり暮らしをしていた数年間、孤独を選んだとはいえ、怖いと思う自分の一面もあった。ひたすら働きづめで、得られるものは少なくなっていく。自分の思いのままにできるとなると、一心不乱で強迫的な習慣にはマゾヒスティックな傾向があった。運動はあまりせず、でもやるとなると、マラソンのようにぞっとするほどやりすぎてしまった。ろくに食べず、でも食べるとなると、自分には体というものがあるのだと思い出し、粗食を改め暴食に走った。体調を崩した。制限をかけないと、いつかは自分を破壊してしまっただろう。でも、そうとはわかっていても、やり方を変えようという気持ちは湧いてこなかった。

いつまでもそんな生活を続けていてもおかしくなかったが、そこでピーターと出会った。彼との生活にはしっかりした秩序があり、買い出しは土曜日の午後、掃除と洗濯は日曜日だった。私は成り行きに任せた。ほかのみんなのように生きられる、みんなと同じなんだとわかって少し安心した。

「そのうち、泊まっていくといいよ」とYは言った。

ガルボザに出発する前の晩、テレビ画面から目を上げると、部屋のドアのところにピーターが立っていた。私をまじまじと見つめている。「これ、どういうこと?」私のスパイラルリングノートを持っている。「どういうこと?」と繰り返した。ノート全体ではなく、彼が読んだ文章のことを言っているのだとは、おたがいわかっていた。

ピーターが示したページを、私は見た。「フィクションだから」と、しばらくして言った。相手の原稿を読むなんて久しぶりのことだった。

私は映画の音をミュートにした。画面では、伯爵夫人が伯爵の前に突っ伏していて、フリルのついた淡青色のドレスの下で波打つ胸には涙がいくつも筋を作っていた。告白の場面だった。なにかの罪を犯して、それを悔いているのだ。

ピーターは画面から私に目を移した。「ごめん、見なきゃよかったんだけど」と、見るからにほっとした様子で言った。「これが新しい作品なら、いい出来だよ、でも、らしくないね」

「らしくないって、どういう意味で?」

「まあ、情景描写が少なめだね。より感情に訴えてる。内面が中心になっていて」

「別人が書いたみたいな文章?」

「いや、それでもきみだってわかる」ピーターはソファーの私のそばにノートを置くと、ドアのほうに戻りかけた。「とりあえず、荷造りをすませるよ」

「これは日記」私はさっと訂正した。「フィクションじゃない」

「フィクションじゃないの?」ピーターはドアのところで立ち止まった。静かな声で言った。「そこに書いてあるのは、僕のことじゃないと思うけど」

「ピーターについてじゃない」私はばかみたいに鸚鵡《おうむ》返しに言った。

「だと思った」私に背中を向けていたから、情報をつなぎ合わせる彼の表情は見えなかった。「まあ、まだ荷造りが残ってるから」と、しばらくして言った。

なにを言えばいいのか、私もわからなかった。茫然としたまま映画を観た。伯爵夫人は、許してやろうと言われているところだ。彼女がわっと泣き出す。すると、どこからともなく幼児が現れて、母親を慰め、家族の絆を取り戻す。伯爵もそのうち、妻と子のもとに近づき、ひざをついて涙ながらにふたりを抱きしめ、夫婦生活の、温かい家族の支配が取り戻される。エンドロールが流れる。

私はもうひとつの部屋に行った。そこで服をたたんで機内持ち込みスーツケースに入れているピーターに、そっと話を振ってみた。「私、明日一緒に行かないほうがいいのかも」

彼は目を合わせようとはしなかった。「けっこう前からの計画だっただろ。ちゃんとやるほうがいいと思う」

しばらくして、私は言った。「怒ったっていいよ。覚悟はしてるから」

「僕がなにか感情を抱くのにきみが許可を出す必要はないよ。そうだろ?」ピーターはシャツを一枚たたみ終えた。「僕は怒り狂うべきなんだ。でも真っ先に頭をよぎったのは、悪いのは僕なのかなって思いだった」

私は唇を結んだ。「私、自分がなにを求めてるのかわかってない。そこが問題なんだ」

「悪いのは私のほう、とか言わないでくれ。そんなの悲劇的だよ」ピーターはスーツケースのジッパーを閉めた。「僕が悪いのかもしれない。僕が変わるべきなのかも」最後の言葉は静かで、自分に言っているかのようだった。

「ピーターのせいじゃなくて、ほんとはさ――」そんなときにまずい冗談を言おうとする私を、ピーターはきっと睨んで黙らせた。私はあらためて話をしようとした。「真剣な関係なんかじゃなかった。心配しなくていいから」

ピーターは首を横に振った。「いまのこの生活はきみにとって十分じゃないって気がする。それか、僕が十分じゃないか。僕はどう見ても……きみが求めるものじゃない。この関係にも、ふたりの将来にも、きみをつなぎ留めておけない」

「どういうこと？」

ピーターは私を見つめた。「担当者が送ってきた、家の物件リストは見た？」

「まだ見てない」次になにが来るのかはわかった。

「つまりはそういうことだよ」彼はため息をついて、でもそれを見せまいとした。「ふたりの将来のためにがんばってるのは僕だけだって気がする。授業を余分に担当して頭金を貯めるとか。なのにきみは家の見学を手配することすらしてくれない」

「そうだね」それくらいしか言えなかった。

「ていうかさ」ピーターは話を続けた。「きみは僕と同じものを求めてると思うんだ。でも、目の前に突きつけられないと、自分がなにを求めてるのかわからないんだよ。手に入れてようやく、それを求めるんだ」

「それはもっと話し合うべきだと思う。もっと長い話になるし」私は旅行の話題に戻った。「でも、明日は一緒にガルボザに行かないほうがいい」

「いや、来てほしい」それについて、ピーターは心の底から確信があるようだった。「〈朝の祭り〉っていう名前がついてるのは、朝になるとすべてが新しく見えるからだ。だから、せめて象徴的な意味でも、ふたりでその祭りに立ち会うのはいいことだと思う」

「ほんとに？」

私の言葉が耳に入らなかったらしく、ピーターは荷造りに戻っていた。「あのさ、気づかないうちに将来はこっそり迫ってきてるんだよ」

飛行機に乗って、離陸する前、私は睡眠導入薬を飲んだ。彼は変わらなくていい。変わらなきゃいけないのは私だ。着陸するまで目を覚まさなかった。

ガルボザの町は、空港から一キロ半くらいしか離れていない。遠くの、人が集まっているところで、かがり火が燃えているのが見えた。町に向かう道を歩いていると、だんだん空気が煙っぽくなってきた。川の向こう側にある道路を見つけて、あとはそれを進んでいくだけだった。木が茂ったエリアを抜けると、石造りの家並み、ガソリンスタンド、ちらほらある店の近くを通る。どの建物もかき消されたみたいに暗く、電気がまだ発明されていないのかと思うほどだった。

それも儀式の一部だった。町全体が、すべての明かりをひと晩消すのだ。奇跡的なことが起きるには、町全体でなにかを犠牲にするという態度を示す必要があるんだよ、とピーターからは聞いていた。

近づくにつれ、かがり火の光は異常なくらい明るく思えてきた。

かがり火の穴は、大きくて古いコンクリートの噴水にあった。そこに近づくと、意外なことに参加者はまばらで、葬儀用の服を着た町の人が数十人、火のまわりでだらだらしていた。男性がふたり、囲碁のようなゲームをしていて、何人かがそれを観戦している。女性が何人か、ワインを飲みながら話をしていて、子どもたちはそばの草むらで眠っている。居眠りをしているらしき大人も何人かいた。

祝祭の浮かれた雰囲気ではなく、気だるげに進行していた。みんな、待っているようだ。

大きな木箱の上に立って、悲しげな曲をバイオリンで独奏している人がいた。そのメロディーは、ピーターがよくシャワーを浴びながら歌っていた歌に似ていた。

私は人々をざっと見回した。火のまわりを歩き、ひとりひとりをしっかり見て、ピーターを見つけようとした。ある女性は、黒いヴェールを持ち上げてタバコをくわえ、煙を吹かしながら私をじろじろ見てきた。私はその場にふさわしい服装ではなかった。祭りのための黒い服は、ピーターが持っていった共用のスーツケースに入っていた。

曲がひとつ終わり、べつの曲が始まる。それにも聞き覚えがあった。

ピーターの姿はない。

やがて、弱まってきた火のまわりを司祭が歩き、聖水の入ったバケツにひしゃくを入れては火にかけていった。ゆっくりした、几帳面な動きだった。どうやら、すぐに火を消すのではなく、火の勢いを抑えるのが狙いらしい。参加者はもう、抱負を書いた紙を火に放り込んだあとなのだろう。

「すみませんが」と、私は司祭に声をかけた。小柄で黒髪の、薄い色の目をした男性だった。「夫を捜しているんです。見かけましたか?」私は財布を取り出して、写真を見せた。「ペトルという人です」

写真をもっと近づけてほしい、という仕草を司祭はした。「ああ! ペトルなら知ってる。子どものころから、毎年夏に戻ってきた。ガルボザを出た人は、あまり戻ってこない。でも、ペトルは毎年のように戻ってくる。とても忠実だ。めずらしい」私に写真を返して、それからふと手を止めた。

「彼の奥さん？」

「そうです。ガルボザに来るのは初めてです」

司祭はうなずいた。「ああ。もっと早く来ればよかったのに。みんな世界中から〈朝の祭り〉のために飛行機で来る。世界の観光客、旅行客がたくさんね。昔はもっとにぎやかだった」司祭はため息をついた。「私たちはまだ伝統を守っている。いまはもっぱら町の人たちのために」

「まあ、もっと気の置けない親密な祭りになっているからいいのかも……」私の返事は尻すぼみになった。そこで、訊きたかったことを口にした。「ペトルがどこにいるのか知っていますか？」

「変身しようとする人はみんな、森のなかにいる」司祭は数メートル先にある森を指した。なかに入っていく小道があった。

「そこでなにをしているんですか？」

「変身している。土のなか、大地のなかに私たちが入れる。朝にどんな姿になっているか見る」

「そこに……そこに行ったらペトルがいますか？」私は森のほうを身振りで示した。

司祭は舌打ちした。初めて苛ついた様子を見せた。「いや、だめだ。もう遅い。もう始まってしまった」そして咳払いをした。「変身は暗闇のなかで起きる。とてもデリケートだ。だれかの様子を、本人の意志に反して眺めると、邪魔をしてしまう。ひとりでいないといけない」

「ほんとうに地中に埋められるんですか？」私はアミナの言っていたことを思い返した。

司祭は微笑んだ。「ガルボザの森の土壌はとても古くて、とても豊かだ」指を一本唇に当てると、耳を澄ますよう身振りで伝えてきた。

私は耳を澄ませた。かすかな、ハミングするような音があって、しっかり耳を澄ますと、低く呻《うめ》く音がはっきり聞こえた。「動物みたいな音がします」

「人間だって動物だ、そうだろう？　動物は体の調子がおかしくなると、森の静かなところにひとりで行って、何日も、何週間も休む。病気が治らないこともあるが、多くの場合は治る。休むこと、静かなこと、そしてひとりでいることで十分なんだ。それが自然というものだ。自然が自分を治すんだよ」司祭はひとりごとのような口調になっていた。そして咳払いをした。「ともかく、待つといい。朝まで待つ。森からみんなが出てくるから、どう変わったのかがわかる。ペトルは見ればわかる。彼だとわかるよ」

そして、またひしゃくから水をかける動きを始めると、火はしゅーしゅーと抗議の声を上げた。


『二週間』のラストで、妻はかつては夫と住んでいた家でひとりで余生を過ごし、夫は凍結されたまま眠り続ける。妻は再婚することはないが、女の子を産み、その娘もまた女の子を産む。世を去る前、妻は孫娘に、夫が目覚めたら会ってほしいと指示する。「面倒を見てあげて」と。目を覚まして朦朧《もうろう》としている夫は最初、その孫娘を妻だと勘違いする。

続く数年間、孫娘は彼がかつて妻と住んでいた家をちょくちょく訪ねていき、食事を持っていったり、裏庭の大部分を占める菜園の手入れをしたりする。食べごろになった野菜を採り、花を植えて、あとで摘んで家に飾る。彼はどう見ても老人ではないが、老人のように振る舞う。茫然として、自分のいる世界がどういうところかわからず、ついていけないのだ。いまや人に頼る必要がないほどの金持ちなのに（慎重に選び抜いた株式資産がしっかりした金額になっていた）、さしたる計画もなく日々を漂っている。

ある日の午後、菜園で、彼は手を伸ばして孫娘の手に触れる。でも、孫娘は思わずそれをさっと払いのける。「おじいさん、私は妻じゃないんですよ」と、彼の妻の孫娘は笑いながら言う。そして、エプロンを手ではたくと、ひとり暮らしをしている家に帰っていく。


吹雪があった。私は泊まっていった。午後に雪が舞っているくらいに見えたのが、どんどん激しくなっていって、夜には公共交通機関がぜんぶ止まってしまった。車で送っていくよ、とYは言ってくれたものの、道路に車を出すことすらできなかった。「泊まっていってもらうのがいちばん楽だな」と彼は言った。私も賛成して、ちょうど帰宅していたピーターに電話をしてそう伝えた。

この街での生活もそれなりに長かったから、暴風雪になる前に食料を買い込んでおくほうがいいのはわかっていた。そこで、通りの向かいにあるマーケットに行って、Yのあとについて蛍光灯の下で商品を見た。東欧系の食料雑貨店だった。なにごとについても習慣に従うYは、自動運転をしているみたいに棚の前を歩いていき、米や玉ねぎの袋を取っていった。でも、私はほかの商品の目新しさにうっとりした。クロアチアのサワーチェリージュース、ブルガリアの羊乳ヨーグルト、ウクライナのひまわりの種のハルヴァ、ロシアの黒パン、ギリシャのハーブティーやカモミールの花、イランのカルダモン味の角砂糖。それに、丸太形のアーミッシュのバター、スプラウトの入った容器、国産のきゅうりのピクルス。私が指すものを、Yは片っ端からカートに入れた。それを味わえるほど長居することはないのに。

夕食に、彼はルタバガ（アブラナ科の根菜）スープのようなものを作って、ディルとセロリシードを入れた。母親から教わったレシピだ。母親のスープの作り方には「平日版」と「週末版」のふた通りがあった。「きみには週末版を作るよ」と彼は言って、羊乳のヨーグルトをひとさじ入れて味わいを深くした。

私は黒パンを大きく切ってトースターで焼いて、サワーチェリージュースを炭酸水で割った。キッチンで、カウンターの後ろにあるバースツールに座って、不恰好な頭上の明かりに照らされながらふたりでスープを飲んだ。カウンターの上にあるキッチンの窓越しに、あちこちの方向から風に吹かれた雪がシート状になって降っているのが見えた。かん高い風の叫び声に合わせて、家の壁が揺れる。間違いなく、家は持ちこたえるだろう。

幸せな気分だったし、その幸せは呼吸の仕方を変えれば雲散霧消してしまいそうなか弱いものだったから、話を切り出せないまま夕食が終わった。そのタイミングでYに、一気にけりをつける感じで言った。「何日かしたら、ピーターとガルボザに旅行してくる。一週間くらい行くかな」そこで言葉を切って、息を吸った。そして――「でも、そのあとここには戻らない」

少し間《ま》があってから、Yが口を開いた。「どうして行くの？」

「遅ればせのハネムーンみたいなものかな。かなり前から計画してた」その旅行が結婚生活をリセットしてくれるはずだ、ということは言わずにおいた。

「きみがそれを求めてるとは思えないな」Yは注意深く言った。炭酸水に視線を落としている。「きみらしくない」

そのとおりだった。そのとき、心からガルボザに行きたかったわけではない。「いま求めてるものじゃない、かもしれない」私は一歩譲った。「でも、この先求めるものだと思う。行かなかったら、結婚生活でもっと努力しておけばよかったって後悔することになる」

「いまそれを求めてないんなら、この先求めることになるってどうしてわかるの?」

「私ときみとは状況がちがう」と、しばらくして私は言った。「きみは好きにすればいいよ」

「きみは好きにしてるみたいだけど」彼の声には冷たさがあって、ふたりともその話はそこでやめた。

夕食のあと、Yはリビングのソファーにシーツをかけて、私のベッドを作ってくれた。彼が二階に引っ込むと、私は横になった。思っていたよりも疲れていた。天井を見上げているあいだも、リビングの窓の外では雪が猛攻撃をかけていた。街灯を背景にして降る雪の影を見つつ、私は眠りについた。いまになってYのことを考えると、始めよりも終わりのほうが記憶に残っている。避けようのない結末に向かって転げ落ちていき、私の感情のすべては終わりのところに溜まっていったからだ。

Yの家から出て、もう会わなくなったあと、私はありえない妄想に自分を委ねて、魔法のようにYを目の前に呼び出せそうな方法を考えていた。詩では彼は現れなかった。物憂げに読んだ詩は、私の気持ちを映し出す光でしかなかった。私と同じように泣くセイレーンたちだった。それに、Yは詩は読まなかった。似たような詩的周波では彼は共振しないのだから、どんなに叙情的な一節であっても彼を心的に召喚する呪文としては使えない。占星術でも彼は現れなかった。私と彼は、両立できない宮だったのだ。ネット情報によると、水は火を打ち消してしまう。そんな感じのことが書いてあった。

私の月は彼の宮のなかにあって、彼の潮を引っ張っているが、占星術的な共時性はそれでは十分ではなかった。私の体でも、彼は現れなかった。青白く豊満な私の体をすでに差し出していたが、なににもつながらなかった。Ｙが好きだったのは、あるタイプの無垢だったのだと思う。若いとかうぶだとかいう人ではなく、もっと率直で正直で、なにがしたいのかすぐにわかる人。それに、可愛らしいところのある人（可愛らしさなら私のなかにもあったが、私の場合は表皮が厚めだった）。神経質な女性、はっきりしない女性、不安を表に出す女性、言葉と気持ちがちぐはぐな女性は、彼の好みではなかった。

その夜は、切れ切れにしか眠れなかった。ときおり、強風が家を揺らす。スチーム式の暖房器がしゅーしゅー音を立てる。目を開けると、暗くぽっかりした部屋が見える。そして、ただの夢だったかもしれないが、どこかの時点で、Ｙの顔が私の顔をじっと見つめていたような気がした。なにかを言いたげだった。それは夢だったのかもしれない。ほんとうに彼だったのだとしても、もっと言っておきたいことが彼にはあったのだとしても、私は聞きたくなかった。彼は問題でも、解決方法でもなかった。

翌朝、早くに目を覚ました。まだ道路は除雪されてもいなかった。毛布をたたんで、身支度をした。モミの枝が凍って玄関扉にくっついていたが、えいっと引くと剝がれた。

私はひとり目を覚ました。目の前には、かつてはかがり火だった燃え殻の山があった。あたりにはだれもいない。とっさに、森に行けばいい、前の晩に司祭から行ってはだめだと止められた開けた場所に行けばいいのだとわかった。樹木が生い茂るところを奥深くまで進まなくても、ほかの人たちが集まっているのが見えた。ピーターの姿はない。近づいてみると、土で覆いがしてある区画がいくつも見えた。人混みに向かう途中で、そうした区画をいくつか踏み越えてしまっていた。

人々の中心には司祭とバイオリン奏者がいて、区画のひとつを掘り返していた。きちんとした墓とはちがって深さ一・八メートルもない、浅い穴だった。とはいっても、ピーターから聞いていたガルボザの話だと、この国ではそれほど深く死者を埋めることはしない。

土のなかから、くすんだ色の年寄りの男性が姿を現し、朦朧としたまま司祭の両手をつかんで穴から出てきた。何人か、家族らしき人たちが、そのそばに行った。老人の首や肩を確かめているらしく、それからガルボザ語で、集まった人たちになにかを言った。ぱらぱら拍手が起きる。男性はいきなり誇らしげになって、みんなにお辞儀した。それからくるりと回転して体を披露した。治したかったものがなんだったのかは知らないが、それは治ったのだ。

司祭とバイオリン奏者は次の区画に取りかかった。

次の穴からは、中年の女性が出てきた。体は震えているが、笑顔だった。夫と子どもが迎えに行った。女性は片腕を上げて、ふたりに見てもらいたいらしい。子どもは興奮した金切り声を上げた。すると夫が、妻がボクシングのチャンピオンになったかのように腕を取って高く掲げ、人々になにかを言った。また、私たちはみんな拍手をした。そしてまた次に移った。

その手順は意外にもあっさりしていて、儀式めいたところはなかった。泣いている赤ん坊がいて、私の朝の頭痛はひどくなった。不安になり、集まった人のなかにピーターはいないかとふたたび見回した。でも、彼はどこかの区画に埋まっているのだとわかっていた。出てきたとき、すぐに彼だとわかるだろうか。どこが変わっているだろうか。

三個目の区画からは八歳くらいの男の子が出てきて、母親が駆け寄った。男の子は母親の前でくるくる回ってみせ、母親は何度も子どもの右腕をつねって、起きた変化に目を見張っている。息子の背中をばしばし叩いて、体を覆っていた土くれを落とすと、ふたりはいかにもさりげない様子で、拍手のなか私たちの一団を残して森から出ていった。

四個目、五個目、六個目、七個目と掘り返されていく。出てきた人がみんな、人々に体を見せて、私たちがそろって拍手することからして、参加者のほとんどには体の疾患があり、それが治ったらしい。ひとりは背骨がまっすぐになって出てきたらしかった。

区画は森の地面に、整然とではなくばらばらに散らばっていた。参加者はみんな、各自で穴を掘っていて、全体としての計画性はなかった。司祭はすぐ近くにある区画はすべて掘り返したが、ほかは大きな石や倒木の後ろにあって見つけにくかった。しばしば、まわりの人たちに場所を教えてもらっていた。

八個目の区画では、埋まっていた人は、起き上がって土の下から出てこなかった。司祭はかがみ込んで、土を取り除いた体の脈を測った。そして、その人の名前を口にすると、家族が集まった。司祭が手短に声をかけたが、私には聞こえなかった。

司祭は次の区画に向かった。

私は息を殺していた。なにがあったのだろう？　赤ん坊の泣き声はじきに、べつの音に包まれた

――八個目の区画を囲む家族の、嘆き悲しむ声だ。家族は土のなかから男性を引きずり出して、抱きしめた。この男性、父親にして一家の長をしっかり抱きしめて背中を叩いている。それで命を蘇らせようとしているかのように。

ほかの人たちは、石のように無表情なまま見守っていた。司祭も同じだった。でも、そのまま動き続けた。一家の悲しみはその手順にさらに勢いを与え、さらに一刻を争う状況にしているらしかった。

九個目、十個目、十一個目と終え、遠ざかっていくにつれ、悼む家族の泣き声はどんどんかすかになっていく。〈朝の祭り〉には悲しみの入る余地はないらしい。変身がうまくいかなかったら、うまくいかなかったというだけのことなのだ。

十五個目くらいに来たところで、川の土手近くにもうひとつの区画があることに私は気づいた。そんな湿った土に自分を埋めるなんて、手際が悪いように思えた。その区画のそばにはスーツケースがひとつ、側面を下にして傾いている。私たちの機内持ち込み手荷物だった。どういうわけか、私はとっさに隠れたくなった。木の後ろに行って、司祭とバイオリン奏者がピーターの区画にやってくるのを見守った。掘り始める前に、司祭はまばらになった人混みを見回した。私を捜しているのかもしれない。それから、目の前の仕事に取りかかり、土にシャベルを突き立てた。

ふたりが掘り始めるのを私は見守った。シャベルが土を深くえぐりすぎていると思ったときには、誤って肌を突いてしまうかもと心配になってびくっとした。ふたりは前と同じペースで作業をしていたが、私には、ほかの場所よりもずっと時間がかかっているように思えた。バイオリン奏者は手を止めて、額を拭った。

もう一度、司祭はまばらになった人混みをざっと眺めた。

すると、私は居ても立ってもいられなくなった。木の後ろから出て、その区画に駆け寄り、土を手ですくい取った。司祭が肩に手を触れても、やめなかった。せめて頭のところを掘り出して、彼の顔が見たかった。人混みからはぶつぶつと落ち着かない声が上がった。感情むき出しのアメリカ人。掘っていくと、彼の肌に指が当たり、体がのぞいた。鼻、そして頰。私は目のくぼみから土を取り除いた。目は閉じたままだったが、水分が出ていた。涙のように。

司祭がまた肩に触れてきた。「おやめなさい。我々がやるから」

ピーターは目を開けた。そのとき、顔はまったく動いていなかった。前と変わらない顔だったが、表情はなかった。

私が名前を呼び、もう一度呼ぶと、そのうち彼の目は私をとらえた。前と変わらない目だ。何度かまばたきをして、見ようとしている。少なくともまだ、私だとわかった様子はない。それより、新しい自分に茫然としているようだ。その不確かな一瞬、彼は私にとっても新しかった。私は見極めようとした。なにが変わったのか、どう変わったのか。もしかすると、変身は目に見えないのかもしれない。すぐにそれとわかる変化はなかった。「ピーター」と私はまた言った。そして――「ペトル。ペトル」

私たちは見つめ合った。

オフィスアワー

あのころ、大学の建物内では喫煙が認められていて、彼女はよく彼の研究室に来てはタバコを吸っていたのだった。彼は吸わなかったが、デスクの向かいにあるソファーに彼女が座ってタバコをふかすことは黙認していた。いやむしろ、嫌がらなかった、ということなのかもしれない。デザート用の小さな皿を灰皿代わりに置くことまでしていた。そうすれば、もう少し話を続ける口実ができたからだろうか。タバコをあと一本吸い終わるまで。あと二本。三本。それもあって、卒業するころには、彼女はヘビースモーカーになっていた。

彼の授業はいくつも取っていた。もっぱら、映画についての授業を。課題として出されたゴンブリッチの文章を読み、マイブリッジの写真を細かく分析し、ファルコネッティの顔のクローズアップについてレポートを書いた。授業が終わると、オフィスアワー（教授が研究室で学生の質問や相談を受けつける時間）に顔を出して、授業でのディスカッションの続きをした。訪ねていくと、彼はまず「じゃあ話を聞こうか」と言った。三年生のときには、そうやって毎週一時間話をした。

そのうちに、会話は間延びするようになった。たいていは彼が、研究者になるつもりなんてなかったんだが、と横柄に言い出して、しまいには大学についての愚痴になっていく。本心を打ち明けてくれるのは光栄だと思うものの、彼女は少し聞き飽きてしまった。映画を観て、映画について書いて生活できるなんて、夢のようなのに。

彼は指導熱心で、よく彼女に意見を求めた。同時に、怒り狂ってのしのし歩き回る獣でもあり、人生で行き着いた場所を苦々しく思っていた。

一度、彼女はなにげなく、もうぐったりです、眠たくてしかたなくて、と口にしたことがあった。「じゃあ帰りたまえ」彼はかっとなって言った。面食らった彼女は、次の授業があるので家に戻る時間がないのだと説明した。「仮眠していってもいいよ」と彼は言い、きみがソファーで眠れるよう自分は研究室から出ようかと言った。

「先生はどこに行くんですか？」と彼女は訊ねた。

「〈ホーリーグラウンド〉に行くよ」ゴッドスピード棟の地下にあるコーヒーショップのことだった。彼はデスクの上にある書類をごそごそ動かした。「ここのレポートを持っていって採点する」

とはいえ、じっさいに横になっても彼は出ていかなかった。それを彼女もわかっていたのかもしれない。彼がデスクの奥に座ったまま紙をめくる音や、学生の心をえぐるコメントを書きなぐるべく紙にペンを走らせる音が、ちょうどいいホワイトノイズとなって、彼女は眠りについた。そして考えた。自分の体の上を彼のペンが動き回り、極細のペン先が、腐食性の工業インクで教育的なコメントを付していくところを。

目を覚ますと、彼はすでにコートを羽織っていた。上体を起こした彼女に向かって、「いいかな?」と訊ねた。

「はい」と言いつつ、彼女は少し恥ずかしくなった。「かなり寝てしまいましたか?」

「いや、全然」と彼は言った。「でも、あと二分でオフィスアワーは終わるよ」

とはいえ、彼女はもう少し長く彼のまなざしの対象でいたかった。彼から関心を持たれていることに温かい気持ちになりつつ、それに屈せずにいるのが好きだった。仮眠はしょっちゅうとはいかないまでも、めずらしくはない出来事になった。錆色のソファーはぐにゃぐにゃしていたが心地よかった。彼はまったく気にしていないようで、しばらくすると彼女も、研究室という羊膜のなかでごろりとすることに抵抗がなくなった。目を覚ますと、彼はいつも「いいかな?」と言う。「はい」と彼女は答え、出ていく。

すきま風の入る研究室だった。ひゅうひゅうという風の音が壁からするように思えた。ゴッドスピード棟を出るときには、彼女はコートの襟に顔を埋め、彼に染みついたというより研究室に染みついた、つんとする松材の良い匂いに包まれながら、冬の午後、空はもう暗くなった大学の構内を歩いていった。

彼女のアパートメントにはソファーはなく、ベッドもなかった。毎晩、自転車の空気入れでエアマットレスに空気を入れ直して寝ていた。両親が実家をまた抵当に入れて、娘の私立大学の学費を工面してくれているので、それ以上の援助は頼まなかった。図書館で書架を整理するバイト代で、スパゲッティやリンゴを買ってしのいでいた。その足しになるのが、英文学科のイベントで受付に置いてある、おいしそうなオードブルだった。小説の衰退や帝国の落日についての講演を聴いたあと、スモークサーモンやソフトチーズ、さらにはスターフルーツのスライスやポテトチップスに載せたキャビアといった飾りの付け合わせまでくすねた。

たいていの週末にはパーティーがあった。同級生たちは裕福な一家から解き放たれ、苦労する知識人《インテリ》ごっこをしていた。当人たちは皮肉のつもりで、セロハンでラップしたトゥインキーやディンドンやムーンパイといった、自分では食べもしないお菓子を銀メッキのトレーに載せて出した。そうした同級生たちは、突拍子もないことをやらかしては自分の裕福さをさらけ出してしまう。たとえば、ばっちり正装したマリアッチのバンドを雇って、リビングで演奏させるとか。その前に、質のいいコカインや、完璧な音響システムでばれてしまうこともある。あるいは、ナイキのスエードのシューズをはいているのに雪のなかを気にせず歩いていくとか。

彼女が先生に会った最後の記憶は、卒業を数週間後に控えた、その手のパーティーから帰るときだった。彼女は夜遅くに通りの角に立って、車を待っていた。小雨が降り出していた。先生は犬の散歩をしていた。高齢の教員によくあるように、大学近くに住んでいたのだ。

「先生、かわいい犬ですね」と彼女は声をかけた。まるまるとした、よだれを垂らしたバーニーズ系の雑種だった。

「おや、よかった」と、近づいてきた彼は言った。「犬はみんなのものだからね」

「あら、よかった。クローンを作っちゃおうかと思ってました。名前はなんていうんですか?」

「ニモだよ」

「ニモ、こんにちは！　自分の名前が〝だれでもない〟って意味だって知ってた？　かわいそうに！」熱のこもりすぎた彼女の撫で方に、犬は冷静な威厳をもって耐えていた。

先生も、彼女の気が済むまで待った。「家に帰るにあたって戦略はあるのかな？」

「あります」通りの角で、「酔っぱらいバン」という、酩酊した学生を家まで送り届ける大学の週末サービス便を待っていることは言わずにおいた。

じっと彼女を見つめると、彼は通りの向かいにあるゴッドスピード棟を指した。「私の研究室はそこだよ」

「わかってます」とは言ったものの、じつはわかっていなかった。ここがどのあたりなのかがようやくつかめてきた。バンに拾ってもらえる角は、ここではない。「いい研究室ですね」

「どうも。酔いをさましたければ、寄っていくといい」彼は誤解のないように言葉を続けた。「鍵を預けようか。私は月曜まで行かないからね」

「大丈夫です」大丈夫なところを見せようと、彼女は笑顔になった。

「そうか」彼はためらった。「二週間後には卒業だね。そのあとの予定は？」

「とくになにも決めていません」卒業の向こう側には現実の人生があり、可能性がゆっくり狭まっていって、ある職に、ある交際に、ある人生にとらえられて動けなくなってしまう。そのゆっくりと凝り固まるプロセスを、できるかぎり回避するつもりだった。決定的な選択をしないようにすることでどうにかできるのなら。とりあえずは、故郷に戻ることになる。「いつか、あなたの後任になりたいです」と彼女は付け加えた。言ってみて、彼の反応を見たかっただけかもしれない。

彼は微笑んだ。「なれるよ。私は今年までだ」

「退職するんですか?」意外な知らせに、酔いが少しさめた。

「長居しすぎたかな。終身雇用になると、もうよそには行かないのがふつうだ」ニモがひもを引っ張ったが、先生には動く素振りはなかった。「そうこうしているうちに、学生との距離は大きくなる。自分は歳を取るが、学生は毎年同じ年齢だ。吸血鬼みたいにね」

「私にはかなりいい話に思えますけど。少なくとも、終身雇用のことは」なんと言えばいいのか、彼女にはわからなかった。彼は幸せではない。ただの人だった。「先生の授業はほんとうに楽しかったです」言いたいことはもっとあった。大学の視聴覚室で長尺の映画を観るという授業のおかげで、中西部の冬を耐えられたこと。わかりやすく率直な講義のスタイルが私には合っていたこと。そして、ほかの教員とはちがって、自分の知識を学生相手の武器として決して振りかざさなかったこと。そのときの彼女には、それを伝えるだけの技量がなかった。

彼はまだしゃべっていた。しばらく前からしゃべっていて、最後の言葉、最後のアドバイスを授けようとしていた。「前に進んでいくいちばんまともなやり方は——ミミズのように、自分を真っ二つにする方法を学ぶことだ」

なんの話なのかわからなかった。ゴッドスピード棟を見つめる彼のまなざしを追い、また彼に目を戻し、何度かそれを繰り返した。頭がくらくらした。「おっと」と、自分に対して声に出した。

「ニモがうずうずしているな。じゃあこのへんで」先生は会釈した。「気をつけて帰りなさい。それから、卒業までもう会うことがないのなら、面倒は起こさないことだ」

面倒は起こさないことだ。彼が気まぐれに口調を切り替え、仲間扱いしたりただの学生扱いしたりするのが、彼女は気に食わなかった。まるで、研究室で一時間議論していたのは自分が望んだことではない、きみとは気が合うねなんて言ったことはない、といった調子だ。もしかすると、彼女との間柄がどういうものかは自分が好きに決められるのだ、と見せつけているのか。

　彼女が眺めていると、先生はニモを連れて通りを渡った。中庭をのんびり横切り、ゴッドスピード棟に入り、研究室のある三階に上がっていくのが、階段の窓越しに見えた。時計塔を見ると、もう午前三時近くになっている。

　この人のことはわからずじまいだった、と彼女は自分に言い聞かせた。私は単に学生のひとり、吸血鬼だっただけだ。先生がなにをしていたとしても、私には関係ない。

　彼女の立ち位置とは、隅っこで闘う犬のようなものだった。成人してからはたいてい、その防御的な低い姿勢で、いつなんどきなにがあろうと、自分の力を証明するべく身構えていた。同年代の人たちのように、なにかひとつうまくいかなくてもべつの道があるという保証はなかったのだ。もしかするとその崖っぷちの覚悟のおかげで、大学院からポスドク、そして研究員という複雑で厳しい試練にも粘り強く耐え抜いて、母校の大学での助教という、給与の出る身分にたどり着き、終身雇用の候補にまでなれたのかもしれない。母校では、だれもが失うものが多すぎるうえに隅っこなどはないので、闘いといってもひそやかなものだった。

　映像メディア学部の教員の慰労パーティーの会場は、いつもは学部の会議室として使われる、レンガ造りの円形の高い建物だった。彼女は窓際でロゼワインをちびちび飲み、もう片方の腕にはずっしりしたウールのコートをかけて、いまにも帰るところだという恰好でいた。パーティー会場を眺めて、いつもの偵察を行う――内容は曖昧だがかん高い声で褒め言葉をこれでもかと彼女に浴びせてくる教員。いつも話を途中で遮ってくる教員。ぐいっと体を近づけてきて、押し殺した厳粛な声音で「調子はどう？」と、まるで彼女の感情をうまくまとめられるのは自分だけだという調子で訊いてくるノンバイナリーの教員。うわべだけの、意味のない仲の良さを取り繕うダンスが、会合のたびに延々と繰り広げられる。

まあ、それはともかくとして。顔を出すのが大事だ。学部の一員だと彼女はアピールしている。そして、気乗りしない様子のキャロリンが祝ってくれている。

「そうそう、忘れちゃわないうちに。本の出版おめでと」とキャロリンは言うと、自分のグラスを彼女のグラスにちりんと当てた。「一冊持ってるから、サインもらえる？」

「もちろん」とマリーは答えたが、その一冊は姿を現さずじまいだった。

「出版のあとはきっと忙しいでしょ。絶賛の嵐ってとこかしら」

「出せてほっとしてるだけ」彼女が〈顔〉の映画について書いたその本は、学期の初めに大学出版会から刊行されていた。

キャロリンは意味ありげに体を近づけてきた。「で、いまはどんな気分？」

なにについて訊かれているのか、マリーにはよくわからなかった。「まあ、思ったより手間取ってしまうよね」そして咳払いした。「休みに入ったら、楽しみな予定とかはある？」

「家族旅行でアディロンダック山地に行く。みんなデトックスしないと」キャロリンは落ち着きのない両手を振り、いくつもの指輪をきらめかせた。「学期中は意味不明な忙しさだから。いまなんか、十個くらい掛け持ちで委員やってるし」あなたはどう、と言いたげな目でマリーを見た。

「やあお嬢さんたち」ショーンが近づいてきて、ふたりの背中にそれぞれ手を当てた。マリーがいちばん苦手な男だ。「ふたりとも、次の学期は授業を担当するわけだよね」

「ええ」キャロリンとマリーは同じ動きでうなずいた。

「その授業には題目があるわけだ」ショーンはマリーを見つめた。質問という口調ではなく、ショーンが述べたことを、彼女は肯定するか否定すればよかった。

「そう、ひとつは〈消えていく女〉という題目です」マリーは言った。「ジャンルとしての女性向け映画から始めて、そのあと現代映画のヒロインを考察する予定です。たとえば『めまい』とか、『情事』とか……」

ショーンはワインをひと口飲み、部屋を見回した。「そりゃ楽しそうだ」と、部屋の向かい側にいる学部長に手を振ってから言った。あっさりした態度が見せかけだけなのかどうか、それはわからない。「つまり、どの女性もどこかの時点で消えてしまうわけだね」

「科目の題目に、ネタバレ注意と書いておくべきかも」彼女もロゼワインをひと口飲んだ。

「ぼくの経験から言うと、テーマに沿って作品を選ぶよりも、ジャンルを概観するほうが、学生の評判はいいよ」

「まあ、授業計画によるでしょうね」マリーは当たりさわりのない答え方をした。ショーンのこの大学での教育歴は彼女とさして変わらず、一年か二年長いという程度だ。彼女はキャロリンのほうを向いた。「キャロリンの今度の春学期の授業は？」

「ああ、サイレント映画入門の授業だけ」キャロリンは用心深く体をもぞもぞと動かした。「もう帰らなきゃ。ベビーシッターに、今日はそんなに遅くはならないって言っちゃったから」

「まあとにかく」と、キャロリンの撤退にもひるまずショーンは話を再開した。「昔の授業リストを見ておくから、なにがうまくいくのかぼくが教えてあげるよ」

「それはもう見ましたけど、ご親切にどうも」マリーは部屋を見回して、その場を離れる言い訳を探した。同僚たちがおたがいを囲み、ときおりばらけては、新しい集団になっている。

部屋の反対側に、だれかに話している先生の姿があった。彼女は仰天した。その外見に驚いたわけではない。そうはいっても、先生は、うまい言葉が見つからないが、弱々しく、すっかり老け込んで見えた。姿を見るのは大学卒業以来だから、十五年ぶりくらいだろうか。退職後は引っ越したものとばかり思っていた。

合図《キュー》を出されたように、先生は顔を上げて、彼女と視線を合わせた。

昔の研究室が見たくてね、と先生は言った。なんのめぐり合わせか、いまは彼女の研究室だった。そこでふたりは、雪のなか、ぼんやりと照らされた中庭を横切っていった。彼は杖を使い、一歩ごとに顔をしかめつつもそれを隠していた。彼女に話しかける口ぶりは、十年以上前に途中で終わった会話の続きをしているかのようだった。「かなり具合が悪くてね。治療がうまくいっていない」

「重い病気なんですか?」と彼女は訊ねたが、その年齢になれば、どんな病気でも重いのだということはわかっていた。

「末期だよ」先生は淡々と言った。「もう長くはないが、あとどれくらいなのかは医者によって言うことがちがう」

「お気の毒に」お決まりの受け答えは軽い響きになってしまった。ふたりは黙ったまま、ゴッドスピード棟に向かった。

彼女が研究室の扉を開けて、蛍光灯のスイッチを入れると、彼は部屋を見回した。いまはむき出しになった壁、ベニヤ板の新しい備品、空の本棚、隅にあるコンセントにつないだ小さな冷蔵庫。まだ研究室を自分なりに整えていないことを、彼女は謝りたかった。

先生は彼女のほうを向いた。「研究室を使っていないのかな?」

かつては、彼の錆色のソファーで仮眠を取っていたことを、彼女は思い出した。あのソファーも、もうなくなっている。「学生と面談するときくらいです」家で研究をするほうが性に合っていた。「とりあえず、お茶でもいかがですか?」答えがなかったので、「なにかお飲みになりたいものはありますか?」と彼女は言った。

「きみにはぜひとも先入観を持たずにいてほしい」彼はデスクの後ろにあるクローゼットをまじまじと見ていた。そしてその扉を開けると、かつての時代から残っている唯一の備品である古い衣装簞笥が現れた。彼女が見ていると、先生はそれを動かそうと踏ん張った。

「手伝います」と彼女は言った。でも、彼はすでに簞笥をクローゼットの端まで移動させていた。

引きずった跡が床板についているところから見て、そうやって何度も箪笥を動かしていたのだろう。

「よし」満足げに彼は言った。「じゃあ、明かりをつけてくれるかな」

彼女が照明のひもを引くと、クローゼットの天上から下がっている裸電球がぱちりとついた。その光で、壁にある穴があらわになる。そんな穴があったなんて、彼女は知らなかった。人がひとり、すんなり入っていけるほど大きい。

「予備の保管スペースですか?」と言いつつ、そうではないことはわかっていた。

「いや。でも、すぐにわかるよ」彼は穴のなかに足を踏み入れ、体のほとんどが壁のなかに沈み込むくらいになった。彼女は動かなかった。そのためらいを察して、彼は振り返った。「いいかな?」

「はい」まるで夢のなかにいるかのように、彼女はついていった。

その向こう側で、物語は始まる。


通路を進んでいくと、外に出た。あたりを見回していると、目が暗闇に慣れてきた。左のほうには、針葉樹らしき木々が回廊のように並び、そよ風に揺れている。雪はやんでいる。というより、地面にはまったく雪が見当たらない。寒くもない。ふんわりした空気だった。暖かいと言っていいような、夏の夜だった。

「キャンパスのここに来るのは初めてです」と彼女は言った。ちがうよ、と言ってもらえるのを待った。ふたりがいるのは大学の構内ではない。大学の近くですらない。

「きみの研究室を使っていたころは、よくここに来た」彼はまだ、あたりを見回していた。

空にかかる満月が、唯一の明かりになっている。それに照らされて、田舎道のような二車線の道路の筋が、遠くまで延びている。

コートを脱ぎたかったが、そんなまねをすれば、まわりに広がるこの場所が実在しうるのだと認めることになってしまう。「先生、ここはどこなんですか?」

数メートル先にある一本の松の木を、彼は指した。「あそこにコップがあるのが見えるかな。地面にあるんだが」彼女は目を凝らした。木の根元に、白い紙コップがひとつ置いてある。「コーヒーが入っている。見てもらえるかな?」

彼女はその木まで歩いていき、コップを手に取った。よくある市販の紙コップで、見たところ淹れたてのコーヒーが、クリームで少し薄い色合いになっている。「コーヒーが入ってます」彼女は鸚鵡返しに言った。

「まだ温かいかな?」

「はい」彼女はコップを持っていったが、彼は自分で確かめようとはしなかった。

「それはずっと昔、退職する前の日に私がそこに置いた。そう聞いたら、どう思うかな?」

「でも、まだ温かいですよ」コップからは湯気が出ている。

「そう、そこだよ」彼は言い淀んだ。「私に言えるのは、ここには何百回となく来たということだ。あらゆる時間帯、あらゆる季節に来た。ここはいつも夜だ。天気もいつも同じで、暖かくて過ごしやすい」

手に持ったコーヒーを、彼女はじっと見た。コップに巻かれた筒状の紙には〈ホーリーグラウンド〉のロゴが印刷されている。店はかなり前になくなっていた。

またあたりを見回して、どんな場所なのかを確かめる。「あの道路はどこに行くんですか?」と、二車線の幹線道路のほうを指して言った。

「わからない。車が走っているところを見たことは一度もない」彼は満月を見上げていた。「いつも同じだ」と、また言った。

彼女は紙コップを草の上に置いた。手がやけどしそうだった。「どうして私をここに案内したんですか?」答えがないので、もう一度、同じことを訊ねた。


年末年始の休みのあいだに、先生は亡くなった。彼女がもう一度あの通路に入るのは、そのあとのことだった。大学による追悼式は、新年早々に、教員の慰労パーティーの会場と同じ円形の高い建物の部屋で執り行われた。

予想外にも、棺が半分開いていたので、眉を寄せた青白い顔を見ることができた。その公開の仕方を見て、自分はなにもわかっていないのだと彼女は思った。

かつて、講義で彼が言っていたこと。「もっとも超現実的な状況で、人は自分の存在や現実感をもっとも強く感じるものだ」どの映画についての言葉だっただろう。いま、それを質問できたらいいのに。

ショーンが近づいてきて、咳払いをした。「で、今度HFFで研究公開をするんだってね」

「都合がつかない人がいて、そのピンチヒッターだと思いますけど」と彼女は答えた。遺体のすぐそばでしたい会話ではなかったので、棺から離れた。ショーンもついてきた。

「そっか、だれかの代役なんだね」ショーンはワインをひと口飲んだ。

「かな、と思いますけど。ほんとかどうかはちょっと」彼女は謙遜していた。人文学未来《ヒューマニティーズ・フューチャーズ》フォーラム——あるいは、みんながHFFと呼んでいる「むかつくもの《HUFF》」——は、年に一度、大学の大口寄付者を招待して土日に開かれる募金集めのイベントだ。ちゃちな集金キャンペーンだ、とみんなは嘆きつつ、だれに出番が回ってきているのかには敏感だった。

ショーンはなにも言わず、彼女を見つめている。

しばらく間《ま》を置いて、彼女は訊ねた。「そちらの予定は？　HFFに出るんですか？」

彼はその質問を無視した。「なんの話をするのかはもう決めているわけだよね」

あえて言わないでおく、という手もある。「まだ、はっきりとは決めてなくて。映画の幻想空間か夢空間についての話にしようかなとは思ってますけど。『オズの魔法使い』とか、『ストーカー』とかもいいかも」

「幻想の空間ね」彼はゆっくりうなずいた。「まあ、講演まるごとタルコフスキー全作品だけに絞っちゃっていいんじゃないかな」

「持ち時間は二十分だけですから」彼女は笑顔を作った。「でも、考えておきます」

「いいからさ、タルコフスキーにしなよ。そのテーマなら当てはまる映画は山ほどある。それなら研究公開なんてちょろいだろうな」彼女をまじまじと見つめ、そうですねという反応を待っている。

「だろ？」

マリーは人当たりのいい微笑みを浮かべた。「先生にお別れしてきます」

大学に勤めるようになって、ショーンのことが嫌いな気持ちは強まる一方だったが、プライドに邪魔されてその気持ちにしっかり向き合えずにいた。学生に自分を「博士」と呼ばせているような男は、強い感情を抱くべき相手だとは思えない。

でも、新年のその日、かつての教員の追悼式で、先に待っている日々が見えた。ショーンみたいなやつとしょっちゅう顔を合わせ、交流会やカクテルパーティーでひたすら避けつづけ、同じ委員会に入れば発言に気をつけ、教授会には顔を出す。そんなの耐えられない。ほんと、ありえない。休みのあいだ、この大学を辞めようかとも考えていた。それから、研究者の道をきれいさっぱりあきらめることも考えた。じゃあなにをするか、どこに行くかを考えてみようとしても、案はひとつも浮かばなかった。

部屋の向こう側には、チャコールグレーのワンピースを優雅に着た先生の奥さんと、東海岸の街からそれぞれ飛行機でやってきた成人の子どもたちがいて、参列者たちに囲まれていた。「夫は自分の意志で逝くことを希望していました」と未亡人は言った。「いつ治療を中止してほしいのかを自分で決めたんです。ですから、少なくともそのプロセスは夫の思うとおりにできてよかったと思います」

「奥様ご自身はどうですか？　お体は大丈夫ですか？」キャロリンが未亡人に甘ったるい声で話しかけていた。「お気の毒です。すごくお疲れでしょう。きっと、どなたかおそばにいてくれるんですよね」その声は、セミの合唱のように続々と寄せられるお悔やみの声に包まれた。きんきんとした、計算ずくの声だった。

マリーはテーブルにグラスを置き、部屋から出た。外はまだ明るかった。少なくとも、一月の午後にしては。彼女は中庭を横切り、研究室に引きこもったが、そこでも涙は出てこなかった。無言で、泣かずにいると、クローゼットからひゅうひゅうと風が通る音が聞こえた。もちろん、衣装箪笥を動かした。もちろん、ぽっかり開いたその穴を見つめた。未知の物事に触れるのを嫌っていたから、最初に案内してもらったあとも通路には入らずじまいだった。

いま、ひとりで初めて、通路に入る。

向こう側に出てみると、前と同じように夜だった。そびえ立つ松の木々がそっと揺れて挨拶してきて、なじみのある松の木の匂いを放っている。上に広がる漆黒の夜空には、星がちらほらまたたき、満月がかかっている。

開けた場所を、そわそわと歩いていくあいだも、出口がどこにあるのかは頭に入れていた。地面になにかが見えた。あの紙コップに入ったコーヒーが、前に置いたところにある。まだ温かい。いや、熱い。ひと口啜ってみると、舌がやけどするくらいだった。それから、彼女は残りを飲み干した。

毎週水曜日に、〈消えていく女〉の授業がある。まずは映画を観せて、それからディスカッションに移る。春学期の二月、寒さも緩んだその週には『ゴーストワールド』を観た。製作は二〇〇一年、学生たちの多くが生まれた年だ。映画の最後で、十代の主人公イーニドは、謎のバスに乗って町から出ていくように見える。そして、クレジットが流れる。

マリーは視聴覚室の蛍光灯をつけて、十五人いる学生たちを見回した。「どう思いましたか?」彼女はよく、大雑把な質問をして、学生がトピックを選べるようにしてから、具体的なテーマに絞ることにしていた。

少しして、ザックが口火を切った。「エンディングに納得がいかないんですが。はっきりした結末にしないのはいいとして、現実から逃げてる感じがします。イーニドはあの特別なバスに乗って、どこに行くんですか?」

彼女はその質問を言い換えて、映画の内容に集中してもらおうとした。「そう、エンディングでイーニドがあの謎のバスに乗って町から出ていくことで、ある種の反論が行われているように見えますね。それについて考えるために、こう問いを立ててもいい。『ゴーストワールド』は、なにに反論しようとしているのか? 答えになりそうな、具体的な場面はありますか?」

新米教師だったころのマリーは、気弱そうなところを見せまいと全力を注いでいた。でも、気弱そうに見られまいと自分を鍛えることと、じっさいに怖気《おじけ》づかないように自分を鍛えることとは同じではない。「そう見える」のと「そうである」は別物なのだ。教師の経験も積んできたいまでは、教室に入った瞬間にべつの人格に入ることができていた。

「本物かどうかについての不安が、かなりあると思います」とアビーが発言した。「五〇年代風のダイナーで、全米トップ四〇の音楽がかかっているとか。あと、美術教師の、芸術とはなにかについての考えがすごく狭いとか。イーニドとレベッカはずっと、なにが偽物なのかについてはすごく敏感ですよね」

「そう、でもイーニドが最後にどこに向かうにしても、偽物とか偽善にぶち当たるだけだ。それを見ずにすむ場所にたどり着けるわけがない」とグレイが言った。「あのバスが行くところで、彼女が満足できる場所なんてないだろ？　そんな場所は存在しない」

　サラが付け加えた。「イーニドは消えることができるけど、わたしたちのほとんどは、そんなまねはできない。レベッカのほうに近い。世界に対して批判的だけど、それでもその世界で生きていくしかない」

　アビーが口を挟む。「でも、それが幻想ってものでしょ？　逃げ道がある、脱出できるんだってことが……」いったん尻すぼみになり、それからまた話し始める。「映画は答えを見せてはくれない。結末を避けただけ。目を背けたってこと」


　授業を終えると、マリーは研究室に戻り、クローゼットからあの通路に入った。外の空間のことは「私室《チェンバー》」と呼んでいた。最初は、こっそりタバコを吸うときに使っていた。先生の追悼式のあと、またタバコを吸うようになったのだ。授業のあと、長い教授会の前、客員教授の講演の最中によく、ここで一服していた。研究室の扉に鍵をかけて、衣装簞笥を横にずらし、壁を抜けていく。入口近くの開けた場所にとどまって、揺れる木々に囲まれ、穏やかな夜の空気に向かって煙を吐き出す。だれにもぜったい見られていない、その超現実的な感覚の悦びに浸れた。

　そのうち、入ると探検してみるようになった。

私室には、道路があり、森がある。ときおり森をうろつき回ってみることはあったが、あまり深くまで入りはしなかった。水の流れる音がするので小川があるのかもしれないが、その方角には行かなかった。森がどれくらいの広さなのかはわからない、と先生は言っていた。一度、森で道に迷ってしまい、数日後に出られたものの、その間に行方不明の届け出をしていた妻にはなんと言い訳をすればいいのかと途方に暮れたのだという。迷子にはならないように、とマリーは釘を刺されていた。

キーチェーンについた小型の懐中電灯で前を照らしながら、マリーはしんとした道路脇を歩いていった。トラックも乗用車も、一台も見当たらない。道路の近くから離れなければ、ぜったいに迷子にはならないはずだ。道路沿いに戻れば入口にたどり着ける。側溝には、アザミやノコギリソウやヤナギハッカの花が咲いていて、ヤマヨモギとカモミールもちらほら見える。月明かりのなか、そうして一キロ半ほど歩き、花を摘んで両手に持った。道路がどこまで延びているのかはわからなかったが、その終わりにたどり着いたことはなかった。私室の奥に行くほど心配になった。戻れるとわかっているところまでしか行かないつもりだった。

道路を見ると、無駄にした一年間のことを思い出した。卒業したあと、彼女は実家に戻った。学費を出すために両親がまた抵当に入れていた、あの家に舞い戻ったのだ。一年近く、しょっちゅう寝坊しては日中に映画を観るという、ぐうたらな暮らしをした。夕方、経営するレストランで両親が食事客の波に追われているのをよそに、家近くの幹線道路沿いをなんとなくひとりで散歩していた。

その幹線道路が走っている風景にはストリップモールが並び、やがて、〈ターゲット〉や〈スターバックス〉、〈オレンジセオリー・フィットネス〉と〈ホームデポ〉が結託する巨大な交差点に集約されていくかに見える。〈ホームデポ〉の駐車場は、銃乱射事件の現場になったことで悪名を馳せていた。そうした店に入って買う商品にはほとんど意味はなく、食べもしないシリアルバーを一箱とか、マスカラを一本とかいう程度だったが、歩き回る言い訳にはなった。どんな将来が、どこで待っているのかわからなかった時期のことだ。あまりに未確定で、押しつぶされそうになった。そんな気分を卒業後の夜に抱え、街灯が照らす幹線道路沿いを歩いていた。

両親が経営するレストランで働くと持ちかけてみても、それは許されなかった。戻ってきて仕事を継いでもらうために大学に行かせたんじゃないから、と。両親は『サウンド・オブ・ミュージック』のマリアにあやかって娘に名前をつけた。アメリカに来て初めて観た映画で、修道院を出て家庭教師になる主人公の活躍ぶりにふたりとも心を奪われたのだ。「すべての山に登りなさい」と修道院長は歌い、広い世界を見てくるようマリアの背中を押す。

その場面はドイツで検閲の対象になったんだよ、と先生が教えてくれたことがあった。猥褻だとみなされたのだという。「修道女が若い女性に向かって、修道院を出て世界を見てくるように助言する、その言外の意味とは思い切り羽目を外してこいということだ。まあ、それはどんな露骨な場面よりもけしからん、というわけだな」

いまになって先生のことを考えると、あのころはわからなかった、その地位にいるのに幸せではないという気持ちがよくわかる。なによりも、先生の愚痴をよく覚えていた。授業をするというプレッシャーが大変だ、次の本に取り組む時間が全然取れない、学部運営でがんじがらめになっている、学部長の方針には長期的な展望がない、同僚の何人かはひどい人間嫌いだ。そうした不幸せな状況のなかで、先生が彼女との付き合い方を決めていたのだということもわかった。オフィスアワーに訪ねてくるよう彼女を促し、ほかの学生との面談は早めに切り上げて彼女と話す時間を作り、授業とは関係のないEメールのやりとりをし、そしてもちろん、研究室で仮眠を取らせていた。自分の不満を打ち明けることまでした……。そうした細かいことの積み重ねで、特別扱いされていると彼女は思うようになったのだ。

ふたりのあいだになにも起きなかったことについては、先生を褒めるべきかもしれない。もしかすると、先生は彼女のほうから誘わせて、自分の責任ではないということにしたかったのかもしれない。でも、彼女は誘ったりはしなかった。ほのかにロマンスの気配がするほうが、それが現実になるよりもよかった。四年生になるときには、先生はほんの少し冷たくなり、そっけなくていらいらしたりするようになった。かすかではあっても、態度が変わったことには気づいたので、彼女はオフィスアワーに行くのはやめにした。先生から目をかけられなくなると、それに甘えていた自分が恥ずかしくなった。窓ガラスのように見え見えな単純さだった。

それが、いまはこんなことになっている。

ある時点で、道路沿いに歩くのをやめて、くるりと引き返した。集めた花の束は捨てた。作っていたのは追悼の花束だった。でも、どうやって追悼すればいいのだろう。どんな権利があるというのだろう。

それに、私室の花を研究室に持ち帰ったことなら前にもあった。きれいな花瓶に入れて飾ったのだが、目の前で瞬時に枯れてしまった。タイムラプス映像を見ているかのようだった。残ったものといえば、カビがついて黒光りする茎と、虫歯のような臭《にお》いの水だった。あちらの世界のものは、こちら側では生きられない定めなのだ。

人文学未来フォーラム《HFF》は、土曜日の午前中に始まり、日曜の午後まで続く。ポロシャツやスポーツジャケット姿の寄付者たちが、ぞろぞろと入ってくる。講義室は法螺貝のような設計で、教壇に向かって螺旋状に下っていく造りになっていて、講演者は一番下のカーペットを敷いたところから聴衆を見上げる。

みんなが席につくと、照明が薄暗くなる。

プロジェクターがつき、彼女はマイクに向けて話し始める。研究公開に来ていただきありがとうございます、とまずは挨拶する。「映画は幻想の空間である、とよく言われます。今日は二本の映画を一部お見せしたいと思います。『オズの魔法使い』と『ストーカー』、製作時期には四十年の隔たりがあります」

発表用のスクリーンが、天井から下りてくる。『オズの魔法使い』の白黒映像が映し出される。竜巻で遠くに飛ばされた自分の家のなかで、ドロシーが目を覚まし、扉が開くと、外には「オズの国」がフルカラーで広がっている。続いて、『ストーカー』からの場面では、男たちの一団がトロッコに乗って「ゾーン」に入っていく。ここでも、セピア色の映像がフルカラーの草木に切り替わり、新しい領域に入ったのだとわかる。

マイクを口の近くから離してしまってはいけない。言いかけた言葉をいったん切って、言い直す。

「どちらの映画でも、私たちは自分の世界ではないどこかを旅します。もうひとつの現実、幻想の空間、第二の場所、といったところでしょうか」

暗くなった講義室で、彼女は聴衆の無表情な顔を見つめた。大金持ちになり、いまでは大口寄付者だという卒業生たちだ。何人かは、大学が販売している新品のノートやペンでメモを取っている。表向きは、人文学未来フォーラムは大学の研究と教育を紹介するイベントだが、寄付者たちにとってはもっぱら懐しい教室でのごっこ遊びの機会だった。大学のキャンパスが手のこんだ映画セットになり、寄付者たちは学生気分を味わうことができるのだ。

彼女は話を続けた。「この、もうひとつの場には、〝オズ〟や〝ゾーン〟など、それぞれ名前がついていますが、どちらにも共通していることがひとつあります。そこにいる旅人は、中心にある装置、自分の願いが叶うという場所を目指して進んでいくのです。ドロシーと仲間たちは、魔法使いが住んでいるエメラルドの都を探しています。『ストーカー』では、旅人たちは、それぞれが意識下で抱えている願望が叶えられると噂される〝部屋〟という空間に向かいます」

ふたたび、それぞれの映画の一部がスクリーンに映し出される。投影されているのは、エメラルドの都の映像、続いて「部屋」の表の映像だ。

ときおり、寄付者たちは講義室の奥に行き、軽食用テーブルにどっさり盛った一口サイズのサンドイッチやクラッカーに載せたチーズ、フルーツやカナッペ、アイスペールに入ったシャンパンやアイスティーコーナーに手を伸ばす。

彼女自身も、大学に寄付をしていた。季節ごとに、資金担当課が恒例の電話をかけてきて、卒業生へのたってのお願いをしてくる。彼女はクレジットカードの番号を伝え、五十ドルの支払いに同意する。もちろん、目の前の寄付者たちは、学生ローンの返済をすでに終えている。

彼女はささやかな発表を続けた。「どちらの映画でも、主人公の願いは複雑なものではないことに気づかされます。ストーカーと呼ばれる男は、ほかの人を案内して何度もゾーンに入りますが、彼自身が〝部屋〟に入ったことは一度もありません。一方のドロシーも、苦労の末に魔法使いを見つけ出したあとは、日常に戻ること、故郷に帰ることだけを願います。美徳ある主人公の行動が示すのは、なにか複雑なことを強く願うのは愚かでしかないということです」

話し終えると、質疑応答に入り、大学が使うケータリング業者がその時間を利用して軽食コーナーを補充していく。そして、次の寄付者たちの集団が入ってきて、席につく。彼女はまた発表をして、また質疑応答に入る。また同じことが繰り返される。それを終えると、べつの集団が入ってくる。彼女はそのプロセスを繰り返した。

その日最後の発表を終えると、なにをすべきかマリーは悟った。中庭を横切って、ゴッドスピード棟に向かった。研究室に入ると、クローゼットを開け、衣装箪笥を押してずらし、もう何度もしてきたように、私室《チェンバー》のなかに消えた。

今回は、道路を外れて森に入った。満月の明かりは木の葉や絡み合った枝で遮られ、最初はあたりがよく見えなかった。キーチェーンについた小型懐中電灯を取り出した。

どこに行くのかわかっていた、というわけではない。ただ、水の音を目指していくと、暗いなかで小川がちらちら光っているところに着いた。森のさらに奥に行くことを阻む水が、ちょろちょろと音を立てている。いや、ちがう。水の音ではない。地面のあたり、小川の向こう側で、なにかが動いている。

彼女は用心して立ち上がり、あとずさった。その生き物は跳ねるようにして川のほとりにやってくる。反射的に、彼女はそこに懐中電灯の光を向けた。「あっ」と言った。犬が一頭、岸辺でぴちゃぴちゃと水を飲んでいる。首輪をつけたバーニーズ犬で、タグもじゃらじゃら鳴っている。だれかの飼い犬だ。

水に映る犬の姿に、やがて、その飼い主の姿が並んだ。

彼女は顔を上げた。その人影は少し離れたところに立っている。彼女が光を向けても動かない。光は弱く、顔を照らし出してはくれない。その人は、いつものレインコートとローファーの靴という、キャンパスにいるときのお決まりの恰好だった。

水面に目を戻す。水に映っている顔しか見ることはできない。彼だろうか。それとも複製だろうか。キメラだろうか。

口を開くと、声は震えて頼りなかった。「先生?」答えはない。彼はゆっくりと背を向け、立ち去っていき、犬もそばについていく。彼女は小川の近くまで行き、今度は声を張り上げた。「ニモ?」今度は、犬は足を止めて彼女のほうを振り返った。一度吠えてから、飼い主を追っていった。小川の向こうで、ふたつの影は森のなかに消えた。

なにかが繰り返し壁に当たっているような、かんかんという派手な音に、なにごとかと思ってショーンは研究室から出た。その土曜日はゴッドスピード棟にいて、論文を仕上げようとしていた。いつも週末は静かな建物なので、仕事に集中できるはずなのだ。

廊下を少し行った先にある、マリーの研究室の扉が開いたままになっていた。だが、彼女の姿はない。ショーンは戸口のところに立ち、デスクにちらりと目をやって――彼女のレザーのトートバッグからこぼれ出た私物が散らばっている――そして、ささっと部屋に入った。ためらった動きをしていると、よからぬことをしていると思われてしまう。

凍えるように寒い。まずはそれに気がついた。窓が開けっ放しになっている。かんかんという音は、ブラインドが風ではためいて、窓枠に当たっているせいだった。ショーンは窓を閉めた。ゴッドスピード棟は古い建物で、暖房設備は扱いが難しい。ひとつの部屋で気温が下がれば、建物全体の室温が下がってしまい、そうなると暖房がフル稼働してほかの研究室は必要以上に暑くなってしまう。もちろん、ちょっと冷たい空気を浴びようと窓を開けたときに、彼女がそこまで考えていたわけではないのだろう。いかにも彼女らしい行動だ――軽率に、後先考えずに、自分勝手に動き回っている。もしこのことで話をすれば、ごめんなさいとは言ってくるだろうが、それも口先だけだ。

なにかの最中にあわてて部屋を出たので、私物が散らばっているのだろう。デスクの上には、携帯電話と、延長コードとスキンケアグッズ、光沢のある革表紙のスケジュール帳がある。なんとも不用心だ。

研究室に戻ってくるのなら、廊下から足音が聞こえるはずだ。

そんなことを考えていると、クローゼットの扉が開いた。顔を上げると、ちょうど彼女が扉から出てくるところだった。「おっと、部屋にいるとは知らなかったな」と、彼は驚きを顔に出すまいとして言った。それから、厳しい口調になった。「窓が開けっ放しだった」

「あら、気がつきませんでした。ごめんなさい」彼女は笑顔になり、彼が両手に持って開いているスケジュール帳を身振りで示した。「なにかおもしろいことでも書いてあります？」

「床に落ちてた。戻そうとしていたんだ」と彼は嘘をついた。

「そうですか」という返事は明るい口調だ。彼の言い分を信じたかどうかはともかく、追及するつもりはなさそうだ。

「部屋にいなかったから」もう言わずもがなのことだった。「すまなかったとは思うけど、窓が――」

「いいんです。ともかく、ＨＦＦの懇親会にそろそろ行かないと」彼女は言い淀み、そして訊ねた。「一緒に行きます？」

「えっと、その――研究室でいくつかやることがあるんだ」彼女からなにか誘ってくるなんて、初めてじゃないだろうか。

「いいんですか？　仮設バーもあるらしいですよ、寄付者向けイベントはいつも大盤振る舞いになるから」彼女は共犯めいた笑顔になった。

「そうだね」彼の答えは堅苦しい。

彼女は私物をトートバッグに戻している。「それはもう気が済みました？　いいですか？」

彼は手に持っていたスケジュール帳に目を落とした。「ああ、これはその――」

「そういうことってありますよね」その声には、疑っている響きはない。

ションは彼女を見つめた。なにかがおかしい。疑うとか、苛立つといった素振りがない。彼は咳払いをした。もう一度優位に立とうと思って言った。「冬場には、研究室の窓は閉めておいてもらわないと困るんだ。建物の暖房装置がその分を暖めようと頑張るから、みんなの研究室が暑くなってしまう」

彼女はうなずいた。「そうでした。つい忘れちゃって。次はちゃんと閉めるようにします」そして、つぶやくように言った。「付箋に書いておこうかな」

「そうしてくれ」彼は廊下にするりと出て、自分の研究室に戻ると、扉を閉めて、デスクの前に腰を下ろした。くるりとラップトップに向き直ると、カーソルが点滅している。さっき書いたばかりの言葉は、どれも意味不明だ。しばらく、物音を立てずにじっとしていると、階段を下りていく彼女の足音が聞こえてきた。窓からは、ゴッドスピード棟の正面から出ていく姿が見える。コートが体の後ろではためいている。

ションは立ち上がり、廊下を歩いてまた彼女の研究室に行くと、ドアノブを回してみた。思ったとおり、扉をオートロック設定にしていない。彼女みたいなタイプはいつもどこか抜けていて、隙がある。

あらためて部屋を見回した。さっきの彼女は、どこからともなく姿を現したようだった。

クローゼットを開けると、すきま風があり、屋外の匂いがする。研究室と同じで、そこにもほとんど物はなく、年代物の化粧箪笥のような家具がひとつあるだけだ。しばらくすると目が暗闇に慣れて、黒く巨大なカビのしみが壁に広がっているのが見えてぎょっとした。マリーのやつ、施設管理課に連絡もせずにカビを放置しているな、ととっさに思った。そよ風が、クローゼットに吹き込む。少しして、彼は気がついた。それはカビのしみではない。

まずは、そのぽっかり開いた穴に恐る恐る近づき、頭を突っ込んでみた。なにも見えない。そして、我慢できず、その通路を一気に進んだ。

物置用スペースがあるものと思っていたら、そうではなかった。外に出ていた。開けた場所だ。そこで立って、タバコを吸っている人の後ろ姿が見える。顔は見えないが、だれなのかは一目瞭然だ。彼女の髪型だし、ウールのコートも同じだ。でも、ほんとうに彼女だろうか。ついさっき、建物から出るところを見たはずじゃないのか。一杯食わされたような気がした。あっと言わせてやろうと、近づいていく歩調を速める。「さっき出ていくのを見かけたんだけどな！」勝ち誇っていると同時に、混乱した大きな声だった。尻尾をつかまえた、なにか企んでいるところを暴いてやった——なにを企んでいるのかはわからないが。

彼の上げた声に、その人影はびくっとした。彼女は振り向いて彼を見つめ、タバコが唇からぽろりと落ちた。地面に当たると、その火はさっと消えた。

北京ダック

1

アメリカに来てからの数年間、私は両親に図書館に連れていかれて、英語を学ばせられる。母に勧められるまま、私は毎週末に十冊とか十五冊を借り出す。私としては絵本に気持ちが傾いていたが、母はもっと対象年齢が上の物語の本を推してくる。「言葉だけで十分なはず」と母は言う。「自分で場面を思い浮かべられないのなら、それは想像力が足りないということよ」

そんなわけで、読みやすい一般図書だと司書が勧めてくれた『鉄と絹』に出会う。マーク・サルツマンという、中国武術の愛好家で一九八〇年代初めにアメリカから中国への派遣第一陣に入っていた人の回想録だ。サルツマンは長沙を訪れ、湖南中医学院で英語を教えた。

ある授業で、「いちばん幸せな思い出」というトピックで書かせたエッセイを学生たちに読み上げてもらったときのことを、サルツマンは振り返っている。授業に出ているのは中年の、英語を向上させたい教師たちだった。最後に発表したのは朱先生で、何年も前に北京でごちそうを食べたときのことを書いたエッセイだった。「まず冷菜を食べました」と彼は読み上げた。「豚の胃のマリネとかナマコなんかです。それから、蒸した魚を食べて、そしてついにダックが出てきました！　皮は茶色でぱりっとして輝いて、私の口のなかで雲がとろけていくようでした」彼はほかの北京ダックのコース料理のことも語った。ダックの皮は海鮮醬を塗った薄餅でネギと一緒にくるんで食べ、肉は野菜と炒め物にして、がらはスープにして、そしてフルーツも食べた。

読み終えると、朱先生はエッセイの紙を置き、じつはそんな食事はしていないのだと教師に告白した。べつの人の思い出です、と言った。「妻が北京に行って、このダックを食べたんです。でも、その話を何度も聞かされたから、そこに私はいなかったですが、私のいちばん幸せな思い出だと思います」

私は北京ダックを食べたことはないが、それはかつては象徴的といっていいイメージだった。かつて福州にいたころは、日々食べるお米の粥やザーサイ、キャベツとスペアリブのスープとはべつの現実を表していたのが北京ダックだった。夜にテレビを観ていると、金持ちの世界を舞台にしたメロドラマや、香港で撮影したＣＭに北京ダックが出てきた。でも、アメリカに移住すると、そのことは忘れてしまう。絵本をぱらぱらめくっていると、ときどき北京ダックとそれに似た料理をごっちゃにしてしまう。感謝祭の由来についてのお話に出てくる七面鳥、小さなマッチ売りの少女が夢見るが一度も味わったことのない豪華な食卓に出てくるローストチキン。

2

冬に、私はアメリカに移り住む。両親はひと足先に行って、数年間暮らしている。空港で飛行機から降りたあと、大興奮で突進してくる女性がいて、私は付き添ってきてくれた祖父のほうにあとずさる。女性とのあいだにある自動扉が閉まるそのとき、それは母なのだとかすかにわかる。私は七歳、母とは二年間会っていない。でも祖母はいて、血色のいい指に金や翡翠の指輪をちりばめた手で、夜に眠るときに私を撫でて安心させてくれた。祖母の温かい体がいびきをかいているそばで、亜熱帯の暑さでも涼しくいられるよう竹のマットを上に敷いた寝床で私はまどろんだ。暑さがひどくなると、祖母はコンクリートのバルコニーの端から端までシーツを吊るして日よけにした。

アメリカに着くのは、いま思い出すかぎりではたぶん十二月だ。初めてユタで経験する、英語でしか存在しない感覚がいくつかあって、その多くは冬に関係している。松の木々の下を歩く感覚、膨らんだだぶだぶのコートを着るときの感覚、初雪のあときれいに積もった雪を壊すときの感覚、白いタイル張りの〈オスコドラッグ〉でセール品を買うときの感覚。そのドラッグストアは清掃用化学薬品のきつい匂いがして、私にとってはその後も、貧しさをごまかす過剰な清潔さと結びつくことになる。母が濡れ布巾を私の顔の上で引きずって、乾いたお粥を拭き取るときの感覚、そして濡れた肌が外のぴしっとした寒い空気で乾いていくときの感覚。私たちが住んでいた、ワンベッドルームのアパートメントはとてもきれいだが、ときどきバスルームからアリが入り込むことがある。私は居間で寝ていて、夜にはまだ祖母がいびきをかく音が聞こえるような気がする。

べつの人の家、ソルトレイクシティーの郊外の山間に佇む二階建ての邸宅では、『バンビ』のビデオテープがテレビで再生されていて、本物の鹿が何頭も裏庭を歩いていき、庭の木の葉を歯で引きちぎっている。鹿たちと私たちとはガラスの引き戸一枚で隔てられている。

母は外を指す。鹿。木。歯。食べる。

私はその言葉を繰り返し、そして並べ直して文にする。鹿は歯で木を食べる。

英語のレッスンはその邸宅で行われる。母はブランドンという幼児のベビーシッターとして雇われているのだ。ロビーのような玄関ホールとエレベーターのあるその家の威圧感ときたら、モルモン信徒の伝道師たちもやってこないくらいだ。それとも、まわりから離れすぎているのでだれも坂道を登ってこないか。初めてアメリカにやってくる私を、母は毎日仕事場に連れていく。父は街から三十分車を運転して私たちを送り、そこからとんぼ返りでキャンパスに向かう。家に入ると、私の英語学習を軸に時間は過ぎていく。私には当時でさえ幼稚すぎたけれど、ブランドンと一緒に『セサミ・ストリート』を観て、私はアルファベットを覚える。日記をつけて、毎日三個から五個くらい英語で文を書く。

ブランドンが昼寝をしているあいだ、母はキッチンのテーブルで私と一緒に英語学習の練習本に取り組む。学校用品の販売店で見つけてきた本だ。ある問題には、音が似た単語の最初の文字を考えてみましょう、とある。マウス、ハウス、ブラウス。ピルとヒル。ベルとネル。ペイルと……。母がヒントをくれる。「鼻で感じる文字よ」と彼女はいつも言い、それはNのことだと私にはピンとくる。ネイル。ペイルとネイル。

あるセールスマンがやってきて、母の言っていることがわからず苦労する。あとでまた来てほしい、家の持ち主である夫婦がいるときに、と母が言うと、なかに入って清掃用スプレーを実演してよいということだとセールスマンは勘違いする。手すり越しに覗いている私は考える。セールスマンはわざと勘違いをして、あわよくば買ってもらおうとしているのではないか。私が見ていることに気がつくと、あっちの部屋に行きなさい、と母は言ってくる。

母の英語はたどたどしかったのに、どうやって私に英語を教えたのだろう。父とはちがって、中国にいたときに英語を習ってはいなかったし、何年もアメリカに住んでいても流暢にはならず、使いこなすこともない。スーパーのレジ係にはぽかんと見つめられるし、アパートメントにやってくるモルモンの伝道師たちは私たちを改宗させることをあきらめるし、ガレージセールの売り手は首を横に振って一音ずつ大袈裟に発音し、「なにを言ってるのかわからない」と大声で言う。それなのに、不完全で片言の母の英語は、私の英語にとっての足がかりになってくれる。

生まれて初めて雪を触る冬は、アイスクリームの味を知る冬でもある。キッチンで、私たちは冷蔵庫と食料貯蔵室の食べ物を英語でなんと言うのか復習する。母がひとつひとつ挙げていく食べ物は、私にとっては初めて耳にするものばかりだ。ミニッツメイドの濃縮果汁オレンジジジュース、ヨープレイのストロベリーバナナヨーグルト、ファーリーの恐竜のフルーツスナック、レイズのポテトチップス、サーファークーラーのカプリサン、ランチャブルズ。私は母について言葉を繰り返す。そうした言葉は、中国語とはなんの関係もなく、真空のなかを漂う。それに、私たちはなにも食べてはいけないことになっているから、言葉と味を結びつけることもできない。

でも、「ビンジリン」はべつだ。そのときまで、私はそれをテレビでしか見たことはない。母は四角い紙の容器からこっそりすくい取ってくれる。ブライヤーズのフレンチバニラ味。思っていたよりも味は濃くて甘ったるく、卵みたいな風味で冷凍焼けしてぱさついている。意外にも、まったく好きな味ではなく、匂いで気持ち悪くなってしまう。でも、好きにならなくては。だって、中国にいるときにテレビでアイスクリームを見た友達はみんな、どんなにおいしいんだろうと想像をめぐらせていたのだから。

いちばん好きな食べ物はアイスクリームです。アメリカでの最初の日々を記録できるよう母がくれる日記に、私はそう書く。英語は私にとってはただの遊びの言語で、単語と意味との結びつきはいちばん緩くてか細い線でしかない。だから、嘘をつくのは簡単だ。中国語でほんとうのことを言い、英語では作り話をする。私はそれをさほど深刻には考えない。ついに小学校に入学したときは、クラスのみんなに、私はエレベーター付きの家に住んでいて、裏庭には鹿がいますと言う。英語では、みんながまったく信じてくれなくても、失うものはなにもない。

3

創作科にいたときのある学期、私たちは毎回の授業の初めに『リディア・デイヴィス短篇全集』のどれかひとつについて話し合う。その週の短篇は、「いちばん幸せな思い出」だ。毎週木曜日の夜にあるその授業は、いつもはホテルマネージメント課程が使う建物で開講される。その短篇の最初から最後まで、教師が読み上げる。

あなたが今までに書いたなかでいちばん好きな話はどれかと訊ねられれば、彼女はいつも長いことためらったのち、それはたぶんある本で読んだこんな話です、と答える。中国で英語を教えていた教師が、あなたの人生でいちばん幸せな思い出は何かと中国人の生徒に訊ねた。生徒は長いことためらっていたが、やがて恥ずかしそうにほほえみながら言った、私の妻はかつて北京に旅行をして鴨を食べたことがあり、私によくその時のことを話します。だから私の人生でいちばん幸せな思い出は、妻の旅行と、鴨を食べたことになるんだと思います。

教師は受講者たちを見つめる。八人の学生が、蛍光灯に照らされた演習室の会議用テーブルを囲んで散らばっている。「さて、どう思いますか?」

その短篇が、あるエピソードを入れ子構造にして、さらにその外にも枠を作っていることを、私たちは議論する。「プロット警察《ナチ》」とみんなから呼ばれているトムは、物語は人から人に伝えられるわけだから伝言ゲームみたいなものだと言う。「妻が夫に、北京ダックを食べた話をして、夫がその話を教師に披露して、それは自分の幸せなんだと言い、そして教師はその話が入った本を書く。そして、この作品の場合、作家はある本で読んだ話を書いて、それが語り手によって語られる。また入れ子構造が増えるわけだ」

入れ子の外にまた枠を作る形式が、なにを狙ってのものなのか、私たちは話し合う。私は『鉄と絹』に同じエピソードが入っていることをみんなに話す。「この短篇にはサルツマンの回想録が出典だとは書いていないけど、その本を参照していないはずがないと思う」

創作科にいるもうひとりのアジア系学生のマシューも、その本を読んだことがあるという。「同じエピソードを入れ子構造にして、さらにその外側に枠を作るという発想は、問いを発している——べつの人の話を語り直す作家は、作者だと言っていいのか？　そして、その話をさらに展開するなら、マーク・サルツマンは、学生の話に関して作者だと言っていいのか？」

私たちはそのボールを少しばかり蹴り回して、だれかの話を自分のものにしてしまうことと、語り直して新しく作り変えることとのちがいはどこかと議論してみるが、さしたる結論にはたどり着かない。途中、アリーは、「短篇を書くことで、作家は当然それを自分ものにする」と断言する。それに対してマシューはこう返す。「でも、それはただの言い訳だってわかるよね。作者だと認められたからといって、他者の物語を奪うことはぜったいに正当化されない」

そのあと沈黙が続くと、教師は微笑む。「さて、どれもいい意見でした」と、彼女はさらりと言う。「もう時間もなくなってきたので、創作のワークショップに入りましょう」そして私のほうを向く。「あなたの短篇からにしましょうか」

4

ワークショップの授業用に私が書いた短篇は、中国人移民のベビーシッターの、ある金曜日の経験をたどるものだ。彼女は雇われている邸宅に幼い娘を連れていく。物語はベビーシッターの視点から語られる。ふだんと同じように働いている一日に、戸別訪問セールスマンが登場して、清掃用品を売りつけようとしつこく粘る。その日のクライマックスは、その家の夫妻が仕事から帰ってくるとベビーシッターが解雇されることだ。娘はその一部始終を見守る。

「さて」と教師は明るい声で言う。「とてもおもしろい作品です。ではディスカッションを始めましょう。なにか意見はありますか?」

いつも口火を切るのはトムだ。「この作品での英語表現は、ちょっと人為的だと思う。つまり、非英語話者の主人公にしては一人称の語りはあまりになめらかだし、はきはきしすぎている」

授業に参加していたほかの学生たちも、非英語話者の体験を英語で語るというそもそものちぐはぐさについてはトムと同じ気持ちだが、どうすればそれが解決するのかについては意見が分かれる。中国語なまりの英語《チングリッシュ》で書いてもいいんじゃないかと言う人もいるが、それだとステレオタイプに陥ってしまうとべつの学生から反論が出る。「チングリッシュを使うと、登場人物の語りのたどたどしさが誇張されて、深みのない移民の人物造形になってしまう」

会議用テーブルの反対の端にいるマシューが咳払いをする。なぜか、私は彼の反応を待っていた。

「短篇で使われているのが英語だろうとチングリッシュだろうと」と、マシューはゆっくりと言う。「どっちにしても、使い古されたアジア系アメリカ人のテーマでしかないよ。移民の苦労とか、異なる世代間の葛藤とかだろ」

私はマシューを正視できない。彼の修士号作品は、本人いわく白人の男性性を問う西洋式の長篇小説だ。数回だけ教室の外で話をしたとき、マシューはもっぱら、夏休みは台湾で従兄弟たちとバスケットボールをしたと言っていた。マシューは話を続ける。「それに、いかにも偏見どおりの中国人移民の女性だというのもまずいかな」

気まずい沈黙がある。今度は教師が咳払いをする。「マシュー、このクラスにはあまり知識がない人もいるかもしれないから、その偏見についてもう少し話してもらえますか？」

私はマシューを見る。

「いいですよ」と彼は言う。「たとえば、セールスマンが勝手に家に上がり込んでくるとき、主人公はただそれに合わせてしまうでしょう。いかにも受け身に。そうすると、おとなしくて従順な女性というよくあるイメージにはまってしまう。非現実的なんです」彼はたたみかける。「アジア人のミンストレル・ショー（白人が黒人に扮して歌・踊り・寸劇などをする大衆演芸）みたいなものです」

だれもしゃべらないのを見て、トムが口を開く。「これって自伝的な物語なの？」

「作者はワークショップ中は答えちゃだめでしょ」とアリーが指摘する。

また部屋は静まり返る。

「私は、すごくおもしろい短篇だと思いました」と教師は割って入り、妙に快活な声を出す。「文化的な同化や、英語能力の差で、移民の母親と娘がすれ違ってしまうことがわかります」彼女の声が上ずる。「それに、はっとするような優しい瞬間もあって……」

5

私の母は、レストランでは水しか飲まない。ほかのドリンクを注文するのは無駄遣いなのだ。その娘である私も見習って水を頼むが、母は節約しなさいと私に説教するのはとっくにあきらめている。

本が出版される数週間前、私は母を高級中華料理店に連れていく。正面のウィンドウにはローストしたダックが何羽も吊るされた、半分しか客のいない宴会場だ。そのレストランは北京ダックが評判で、ある旅行雑誌では世界で第二位にランクインしている。

ウェイターがやってくると、私は英語で、いつもの料理を注文する。「じゃあ、B16とC7とF22をお願いします。前菜にはA5とA11で」

母はメニューを下ろして、私を見る。「そうやって注文するの？　コンピューターみたいね」

「オーケー、わかりました」と、ナイキのエアフォース1をはいた中国系のティーンエイジャーのウェイターもまた英語で答える。「前菜を先にお持ちします」

料理が来る前に、私は本の見本を母に渡す。明《みん》代の鉢に柿が盛られた、どことなく中国風の表紙の短篇集だ。「来月に出る」

「じゃあ、これが完成版？　帰ったら父さんに見せるわね」母は当たるはずのない宝くじを見るような疑い深い目をその本に向けて、表紙カバーの折り込み部分にある宣伝文句に眉をひそめている。

「ここに入った短篇って、もう出版されたんじゃないの？」

「いくつかはね。それをぜんぶ、一冊にまとめてある」

「べつのところで、無料で読めるわけ？」

「もう読んだのはある？」

「送ってくれたベビーシッターの話は読んだ」母はハンドバッグに本をすべり込ませる。「ところで、どこで創作のアイデアがひらめくのですか？」ちょっとだけからかうような口調で、インタビュアーのまねをしている。

「ベビーシッターの話？　あれはどう見ても、ずっと昔の母さんの仕事をもとにしてる」

最初は英語で話し始めても、母との会話はいつも標準中国語に移っていく。中国語だと母は最高に頭が切れ、侮辱の言葉を投げつけたり、辛辣な含みのあるコメントを挟んできたりする。いまの私は中国語ではうまく話せないが、母に合わせようとする。母の英語はぎこちなくてわかりづらく、他人の不親切さから身を守るには彼らの薄っぺらいリベラルな世間体に頼るしかない、という世の中を渡っていくにはきつい。

ティーンエイジャーのウェイターは前菜と主菜を一緒に持ってくる。鶏肉もどきの豆腐、レンコン、ニンニクの芽、麻婆豆腐、キュウリウオの塩コショウ揚げにハラペーニョのみじん切りをまぶした料理。矢継ぎ早にぜんぶ出てくるから、ちゃんとした味なのかと心配になる。頼んだ水をなみなみ注ぎながら、「ほかにご希望はありますか？」とウェイターは訊く。

また英語に切り替えることなく、母は副菜としてタケノコのチリ漬けを注文する。

「すみません、なんですか？」ウェイターは言う。

「Ａ２」と私が言うと、ウェイターは走り去る。母は優美な手つきでニンニクの芽、そしてキュウリウオを取る。「ここの料理、おいしいと思う？」

「料理はシンプルなのがいい」と母は言い、おいしいともおいしくないとも言わない。もしかすると、北京ダックで有名なレストランに行ってふつうの料理ばかり注文するのは愚かなのかもしれない。でも、母も私も、北京ダックの脂っこい皮は好きではない。母は自分の言葉を言い直すふりをする。

「いいえ、それはちがったね。とてもおいしいわ！　これが最高！って言うべきね」

「でも、そんなことぜったい言わないよね」

母はチェシャ猫のようににんまり笑う。「でも、なんにでもケチをつけて、子どもたちには怒鳴って、四六時中〝アイヤー〟って言ってるありきたりの中国人の母親みたいにはなりたくない」

それで私はピンとくる。「短篇に出てくるのは自分だって思ってるの?」

「あなたの短篇にはいっぱい母親が出てくるのに、どう考えればいいわけ?」母は突然むっとする。

「でも、みんな惨めな母親だね。そこまで苦しくなきゃだめなの?」

私は自分の皿に目を落とす。盛ったご飯に、あふれんばかりに麻婆豆腐がかかっている。「まあ、ぜんぶが母さんの話なわけじゃないし。母さんの経験を分捕ろうとしたわけじゃない」

「私の経験を分捕ろうとしたわけじゃないのね」と、母はひとりごとのように繰り返す。「じゃあ、どうして書いたの?」

そう訊かれて、私は驚く。「えっと、ベビーシッターの話は、ほかの短篇よりは母さんの話がもとになってる。母さんがベビーシッターをしてたときに、私たちにあったことだし。それを通じて、どれだけひどい――」

「でも、なにがあったかなんてわかるの? あれは私たちにじゃなくて、私にあったことよ。あなたは小さすぎてなにもわかっていなかった。それに、部屋にもいなかった。私が部屋には入れなかったから」

「私は廊下にいて、聞いてた。それに、大きくなってから母さんが話してくれたよね。詳しく聞いてみたら、かなりやばそうだった」

母はどういうわけか微笑んでいる。「でもね。あなたはタフじゃない。タフにならないとだめ。あれはただのばかな男だった。ああいうふうに書くと、危なそうに見えてしまう」

「じっさい、危ない人だったでしょ。なにをするのかぜんぜん読めなくて。さっきまで人当たりがよかったのに、いきなり怖い人になる。母さんに言ったことなんて、かなり傷つく言葉だったし」

母は少したため息をつく。「いい、私たちはアメリカ人とはちがう。いやな気持ちになることについて、ぜんぶ話す必要はない。そのことばかり考えてたら、前に進んでいけない。でも、私は前に進む。あなたのいいお手本になった。そして、あなたはすごく楽しい子ども時代を過ごした」

私は水をひと口飲む。このことについては、前にも話をした。私の子ども時代について、学校でのいじめのことはどうなの、と百万回言ったところで無意味だ。最悪だったのは、母に嘘をつくよう、すべて順調だというふりをするよう仕向けられたことだった。「学校ではみんなに好かれてるんでしょ？」とか、「友達がいっぱいいるのよね？」とか母は訊いてきて、自分が望む答えを私に言わせていた。私が嘘をついていると知らなかったはずはないが、嘘に浸っていたかったのだ。娘はアメリカで成功している、自分の幸せを犠牲にしたぶん娘は幸せをつかんでいるのだと信じる必要があった。この国で母子ともに惨めな思いをしているという事実を認めたくなかったのだ。

今回は反論せず、私はこう言うだけにする。「セラピストの人がね、いつだって現実を受け入れたほうがいいって」

私がセラピーの話をすると母はひるみ、予想どおり会話はそれで終わりになる。黙って料理をつついていると、テレビで流れている料理番組の編集映像で、この店が紹介されているのが聞こえる。あるコーナーでは、北京ダックの歴史は十四世紀にまで遡ります、と司会者が観客に言っている。画面越しに、その司会者は視聴者を見つめる。「ですから、この旨味あふれる炙《あぶ》り肉を口にするときは、歴史のかけらを味わっているのだと肝に銘じましょう」

ウェイターがやってくる。「料理はどうですか？」

「おいしいです。残りは持ち帰りにしようかと思ってるんですけど」と私は言う。

母はそのウェイターのほうを向く。標準中国語で、私が持って帰れるように、どう包んでほしいかを入念に指示する。

ウェイターは母が言い終えるのを待ち、それから恥ずかしげに微笑む。「すみませんが、僕は中国語がわからなくて」

6

私が子どもたちのために昼食を作っていると、玄関のベルが鳴る。この家はソルトレイクの外の、かなり離れた地域にあるから、来客はめったにない。外に人がいても、ベルが鳴るのを放っておくこともある。同じく、家に電話がかかってきても放っておく。留守番電話にメッセージを残すか、メモを置いてもらえればいい。私と話をしにきたわけではない。

でも、今日は落ち着かない。エレベーターで広い玄関に降りて、扉を開ける。

「こんにちは！」クリップボードと、清掃用品を入れた収納ケースを持った男性がいる。「ひとつだけ質問させてください。お宅はどれくらい清潔だと思いますか？」彼は清掃用のスプレーを掲げてこう言う。今日から一週間お試しで使っていただけます、もし気に入っていただけたらセット購入には分割払いプランもあります……勢い込んで早口でまくしたてるので、ぜんぶは聞き取れない。「一週間だけ試してみてください！　七日後にまた来て、ご意見を聞かせてもらいます」

ジーンズに格子柄のシャツという恰好は、セールスマンには見えない。長くて茶色がかった金髪と山羊ひげも、きっちり手入れされていない。セールスマンは私を見て、それから私の後ろ、タイル張りで私たちの声を増幅するぴかぴかの玄関、二階へ上がるためのエレベーター、二階の手すりを見る。すべてを目に焼きつけている。

「いえ、けっこうです。私は家の持ち主ではないので」私は礼儀正しく笑顔になる。

セールスマンはためらう。「じゃあ、あなたは清掃係の人？」

「ここで働いてます。掃除はしません」私はベビーシッターで、この家のブランドンという子と自分の娘のふたりを世話しているんです、とわざわざ言う気にはなれない。「あとでまた来てください。家の持ち主が帰ってきます。その人たちが買うかもしれない」

「ああ、オーケー」少し間《ま》を置いて、彼はまたセールスを始める。「でも、この製品はだれでも使えるんですよ。どんな素材の掃除にも使えます。見せてあげましょう」彼は私の横をすり抜けて玄関に入り、エレベーター横の木のベンチを清掃し始める。

アメリカに来たばかりのころ、私は清掃会社で働いていた。研修中、マネージャーは私たち研修生に、雑巾で床を拭くときには手とひざをつけと言った。そして、四つん這いになって掃除をする全員女性の私たちをじろじろ見た。どうして、柄のついたモップやほうきを使ってはだめなのか。私は犬ではないから、その仕事はやめた。

目の前にいる男は、ひざをついてベンチの脚を磨き、じきに四つん這いになる。進んでその体勢になって、恥ずかしくもなんともないのは不思議だ。もしかしたら、私の同情を誘いたいのかもしれない。「とても素晴らしいですね、とてもいいです」と私は言う。「あとで買うかもしれません」

セールスマンは顔を上げる。「これは店では売っていないんですよ！」エレベーターが降りてきて――彼がボタンを押していたのだろうか？――扉が開くと、彼はそのなかに入って、金属の手すりや、ボタンがふたつだけある操作盤にスプレーを吹きかける。どうすればいいのかわからず、私は一緒にエレベーターに入る。彼の爪には垢が溜まっていて、服から漂うガソリンの匂いは農業用機械を思わせる。ふたりで乗ると、エレベーターはひどく狭く思える。「今日はなにをしてるんですか？」と彼は訊いてくる。

「今日はとても忙しいです。いまはお昼ご飯を作っていて」

「ああ、俺もお昼ご飯は食べたいな」彼は微笑んでくる。扉が開くと彼は歩み出て、家のほかの部分や、見下ろす谷や山の眺めに見とれている。娘がべつの部屋にいて、見えるところにいないので安心だ。それに、ブランドンはまだソファーで眠っていて、セールスマンは気づいていない。

私はちょっと困惑して、彼についていく。

「今日は朝から食べていなくてね」彼はキッチンのテーブルに座り、私の割引券を手で払いのけ、割引券は床に落ちてしまう。彼が私を見て、いやらしい目つきになっているので、おかしな状況になってしまったと私は悟る。「で、どんな中華料理を作ってもらえるのかな？」

「中華料理は作りません」私はやや堅苦しく答える。

「おいおい、調子を合わせてくれよ」それが苛立っている最初の兆候だ。「ムーシュー（米国で一般的な中華料理で、卵と豚肉とキクラゲの炒め物）はどうだ？」

「マッシュルームですか？」彼が言いたいことはわかっている。

「いや、ムーシューだ。料理の名前だよ。どこのメニューにも載ってる」

「そうですか。私は知りません」私は首を横に振る。

セールスマンは苛立つ。「おいおい。なにも本物を出せって言ってるんじゃない。それっぽいふりをしてくれたらいいんだ」

「中国の私の生まれたところではムーシューを食べません」と私が穏やかに言うと、それで彼も落ち着いたようだ。この場にいるふたりのうち専門家なのは私のほうだ。でも、あまり怒らせないように彼に言う。「卵とトマトの炒め物なら作れます」

彼はためらう。「芙蓉蛋《ふようたん》みたいなやつか？」

「いえ、卵とトマトです。米酒と砂糖を入れて炒めます」手早く作れる料理ではいちばんのお気に入りだ。

「あんまりうまそうじゃないな」少し間を置いてから彼は言う。「北京ダックは？」

「ダックはありません。でもカンフーチキンはどうですか？」適当にでっち上げた料理名だ。

彼はためらう。しばらくして、「オーケー」と言う。

「本物の中華料理ですよ」と私は彼に釘を刺す。カンフーチキンがどんなものかと言われても、私にはわからない。武術《ウーシュー》チキンと言うつもりだった。

冷蔵庫には、残り物のローストチキンがある。包丁を使うと刃物類の置き場所がわかってしまうのが怖くて、私は鶏の胸肉を手で裂く。大豆油と砂糖で漬けだれを作って、これまた手でちぎってぎざぎざになったネギと鶏肉を炒め合わせる。出来上がるのは、三杯鶏の炒め物版みたいなひどい料理だ。大事なのは、彼の舌に合う中華料理にすることだ。

キッチンの壁には固定電話がある。緊急通報をするリスクを頭のなかで計算するが、やめておくことにする。あまりに見え見えだ。彼にばれてしまう。時計の針は午後二時四十五分を指している。この家の持ち主である夫妻は、モルモン系の宝石会社を共同経営していて、金曜日はたいてい帰宅が早くて三時ごろになる。ふたりが戻るまでのあと十五分か二十分、この男の気をそらせておけばいい。

「これはうまいな」と、何口か食べてから彼は言い、私は気の毒になる。埃をかぶった瓶に入った五香粉をじゃんじゃん振りかけ、テイクアウト用メニューの入った引き出しで見つけた醤油の古い小袋を使った、ひどい料理なのに、それがわからないなんて。大事な人には、こんなものを出そうとは思わない。それをおいしいと思っているのだ。もっと上手に作れたらよかったのに、と思いそうになる。

すると彼が腰に腕を回してきて、私はこわばる。「これで十分だよ」

「お茶はいりますか?」私は手の届かないところに動く。

「ビールがいいな。ビールはあるか?」図々しくなった彼は立ち上がり、自分で冷蔵庫を漁り始める。娘が、扉のところから覗き込んでいる。少し混乱している。苛立った私が隠れるよう身振りすると、娘はそのとおりにする。

「取ってあげるから！」と叱るふりをすると、彼はそれが気に入ったようだ。「残さず食べちゃいなさい」

彼は席に戻る。「はあい、わかりました」これはおままごとなんだ、と私は気がつく。隣に住んでいる台湾人の男の子と、娘が遊んでいるのと同じことだ。娘はほうきを持つふりをして戸口を掃いて、家のなかに土を入れちゃだめでしょと叱る。男の子はテレビを観るふりをして、不満顔になる。

冷えた缶ビールを前に置いてやると、背の高いグラスに注いでくれと彼は言う。そのとおりにしてやると、彼は真剣な口ぶりで、「ここから連れ出してやってもいい」と言ってくる。窓の外、遠くのどこだかを指す。「俺はあっちの森のなかの小屋で暮らしてる」

彼の指す方角に見えるのは、雪をかぶった山並みだけだ。私はよく、子どもたちがテレビを観ているあいだここにひとり座って、尖り屋根に合わせて三角形に作ってある窓から外を眺める。午後遅くには日が沈んでいくのが見えるその場所が、この家ではいちばん好きだ。光の具合でだいたいの時刻がわかる。ときどき、ユタの風景は人生で見たなかでいちばん美しいと思うときもある。この景色があるから、私はこの仕事をまだ続けていられるし、夫がしゃにむに追い求めるこの人生を続けていられる。

低くて切なげな声で、男は言う。「俺と一緒に来たいか？」

「考えておきます」私は清掃用スプレーを買うかどうか決めるときのように言う。声に表れているよりも、内心では怖い。「とても忙しいですから。みんなに頼られるので」すべて、いかにも論理的だ。細かいことは言わずにおく。夫は数学の博士課程の学生で二年目だ。夫は少額の給付金をもらっている。夫が卒業するまで、私は家族を養うために働いている。仕事を転々としてここにたどり着いた。いちばんのんびりしていて、ほかのどれよりも時間を過ごしている感じがする仕事だ。もうすぐ三十五歳になる。

「そうか。残念だ」男はビールに目を落とす。声音が変わる。「でもな、正直に言おう。人が見れば、お前はここにいるべき人間じゃないとわかる」勢い込んで続ける。「まあ、気を悪くしないでほしいし、まわりとちがうのは自分でもわかってるだろ。見た目も、しゃべり方も。どう見てもここの人間じゃない」

「うーん」私はその言葉をよく考えるふりをする。

男は窓をとんとんと叩いて、遠くにある自分の家を指す。「でも、俺が住んでるのはだれからも離れたところだ。それに、完全に自給自足なんだよ。水のポンプがあって、自前の電力がある。あれこれ言ってくるようなやつはいない」私のほうを向く。「それで、考え直してみようと思うか?」

「そうは思いません」

「おや、どうしてだ?」苛つく気持ちは、熱い油がぱしゃっとはねるようだ。

「私が中国でどんな仕事をしていたと思います?」私は窓の外を見ながら言う。とくになにかを見ているわけではない——木々や山並み、そこをくねくね抜ける道路が、遠くに見えるブランドンの母親の車を運んでくる。車は光沢のあるベージュ色に塗られていて、それをシャンパン色というのだろうと私は思う。じきに帰ってくる。

その車が目に入って、だれかがやってくるとわかったせいか、私はいつもなら話さないこと、雇い主たちに話した以上のことを彼に話す。べつの人生で、私は会計事務所で働いていて、市長をはじめ地方の有力役人たちの会計を管理していた。事務所は当時はめずらしかった高層ビルにあって、私たちは上のほうの階で働いていた。そのころは夫とはまだ交際中で、私のほうが稼いでいた。再教育（中国の文化大革命中に実施された学生や知識人に対する思想教育）の期間に、夫は熱烈で長い手紙を書いてきた。直接会っていたときは、そこまでの情熱家だとは知らなかった。私の妹ふたりともども、夫は田舎に送られて何年も働いていた。きつい肉体労働だ。戻ってきたみんなの手を見たらわかった。でも、私はちがった。党にとって欠かせない仕事をしていたから、私は街に残った。街に残って、両親の世話をした。街で暮らしている若い大人は、自分を含めて両手で数えるくらいしかいないように思えるときもあった。そのころの暮らしがとても好きだった。結婚とか出産とかいったことは、計画としてはあったけれど、日々の生活のなかでは考えなくてもよかった。人生がちゃんとした道筋をたどっていて、それに対する責任を負わなくてもいいのが好きだった。

話し終えると、私は窓から目をそらす。言ったことを、彼がどれくらい理解してくれたのか、だれにわかるだろう。どこかの時点で、私は気づくと標準中国語になっていた。複雑な話は英語では伝えられないのだ。

「つまり、お前は共産主義者ってことか？」男はものめずらしそうに私を見ていた。

いいえ、という以外に答えようがないのはわかっている。「いいえ」

「そりゃよかった。この国に共産主義者がいるなんてのはごめんだからな。俺たちが連中をどうするか知ってるか？」彼が冗談を言っているのかどうかはわからない。冷戦を舞台とした昔のアメリカ映画は、ただの映画なのだとずっと思っていた。男は凄みをきかせた顔つきになって立ち上がる。「俺たちが共産主義者をどうするか、知ってるか？」

私はなにも言わない。認めたくないが、恐怖で口がきけない。男の向こうに目をやると、また娘が扉のところに立っているのが見える。突然、抑えきれない怒りがこみ上げてくる。「出ていきなさい」と、娘に中国語で言う。「いいから、あっちの部屋に入りなさい」娘が動かないので、私は声を張り上げる。「出ていって！」と金切り声で叫ぶと、娘は走り去る。

ガレージの扉が開く音が、部屋に響き渡る。

初めてアメリカに来たときの娘は、毎晩寝る前にはお話を聞かせてほしいとせがんだ。私がいないあいだ、中国で一緒に暮らしていた祖母が作った決まりごとだった。そこで私は、教訓のある簡単なたとえ話を作ろうとした。ところが、締めくくりになると、頭が真っ白になってしまう。この話はどんな教訓になるはずだったっけ？　お話が終わるころには娘はとっくに眠っているだろうと思って、いつも話の流れを見失ってしまう。でも、娘は結末を待っていて、それに納得がいかないと、あれこれ質問を浴びせてくる。その話に筋道を立てたかったからだけれど、そのころの私の生活には筋道なんてなかった。じきに、娘を図書館に連れていくようになった。話を作る代わりに絵本を読んであげると、結末を考えるという問題は解決した。

その日の結末とは、ガレージ扉が開く音を耳にしたとたん、セールスマンがあわてふためくことだ。

私を罵りながら、がばっと立ち上がるので、フォークとナイフがものすごい勢いでテーブルから落ちる。男が部屋から駆け出して、階段を下りていくのを見て、なんだ簡単だ、と私は思う。愚かな見知らぬ人というこの問題は、あれだけ恐怖を感じていても、あっさり解決した。

するると、一家の妻がガレージの扉から入ってくる。散らかったキッチン、男ががばっと立ち上がったときに床に散らばったカトラリーを見る。私はほっとして、すべてを説明する。すると、彼女は次から次に質問してくる——なかに入るよう彼に言ったの？　もしかして、あなたの英語を勘違いしたとか？　出ていってほしいと言わなかったのはなぜ？　食べ物を出したの？　料理をしろと言われたとき、いやですと言わなかったのはなぜ？　キッチンでビールの缶が開いているのはなぜ？　ビールを出せというのも彼に言われたの？　彼のなにが怖かったの？　武器を持っていた？　食べ物がこんなに散らかっているのはなぜ？

私は精いっぱい答えるけれど、答えている最中に、妻はべつの質問で遮ってくる。なので私の英語はおどおどして、緊張でしどろもどろになってしまう。私の返事をいまひとつ理解できないと、彼女は私の娘のほうを見る。娘は通訳する気はあるが、うまくはできない。

迎えにきていた私の夫は、キッチンの戸口からじっと見ている。

一家の妻はもっぱら自分に向けて言う。「どうすべきか考えないと」

「警察に通報するのはどうでしょう」と私の夫は言う。

「でも、こうなってしまった事情を考えると、ちょっとやりづらい」妻の言葉は尻すぼみになる。

「我々は合法的なアメリカの住民ですよ」と、私の夫はそれですっきりするだろうと思って言う。

でも、彼女がなんの話をしているのか私にはわかる。私たちには永住権はあるけれど、私はこの家族に正式に雇用されているわけではなく、給与は現金でもらっている。「デイヴが帰ってきたら話をしてみます」と、しばらくして彼女は言う。「もうじき帰ってくるはず」時計に目をやり、そして私を見る。キッチンのあちこちに散らかった食べ物を示して、「じゃあ、これを片づけてくれる？　そうしたら帰っていいから」と言う。

「いやです」反射的に、その言葉が口をついて出る。

「どういうこと？」妻は私を見つめている。私がなにを差し置いても、彼女のキッチンを掃除するだろうと本気で思っているのだろうか。夫と娘が見ている目の前で。

「ママ、この人は掃除してほしいんだって」と、娘は中国語で言う。私が言葉をわかっていないのだと思っている。

私は夫を見る。あいだに入って、私を弁護してほしい。夫は口を開くが、閉じて、迷っている。夫は人当たりがいいが、問題はみんなにいい顔をしようとすることだ。ここではそうやって生き延びるんだ、と私に言っていた。でも、夫がこの国で生きていきたいからといって、私が惨めな思いをしなくてはならないわけではない。

妻は唇を尖らせる。「でも、それがあなたの仕事でしょう」

「いえ。私はブランドンの世話をします」これまでずっと、夫妻の頼みに応じて、キッチンカウンターを拭いて、コンロや電子レンジのなかもきれいにしてきた。期待を超えるいい従業員であろうとしてきたが、じっさいは掃除は仕事に含まれていない。もらっている給与は、訓練を受けたベビーシッターの費用、家政婦の費用よりも安い。

妻はしばらくなにも言わない。「だれかが掃除をしないと。そして、こんなに散らかしたのは私じゃない」と、私のほうを見ずに言う。

私はなにも言わない。

「わたしがやる」と娘は高らかに言って、キッチンペーパーをつかむ。私が片腕をつかんで引き戻すと、痛くて娘は大声を上げる。

「月曜日に話し合ってみてはどうですか」と夫が言い出す。

「じゃあね、ブランドン」男の子が温かい体を押しつけてくると、私はそう言う。軽くハグをする。月曜日になっても戻らない、と決心する。それは嘘になるかもしれないけれど、いま、この瞬間に必要な嘘だ。だれのほうも見ずに、玄関扉から出て車の助手席に座り、待つ。

数分後、夫と娘が家から出てくる。「あんなまねをするなんて」と夫は顔をしかめて言いながら運転席に入り、エンジンをかける。車は坂を下っていく。後部座席にいる娘が話に割り込む。「ママ、ブランドンのママはとてもいい人だよ。なにがあったのか知りたがってるだけ」

バックミラー越しに、私は娘をじっと見つめる。赤ちゃんが女の子だとわかったとき、家族にはたいそうがっかりされた。中国では、産む子どもがひとりなら、いつも男の子を産むよう期待される。でも、私は内心うれしかった。男の子はせいぜい母親を好きでいてくれるくらいだが、女の子は母親をわかってくれる。女の子です、と医者に言われたとき、これでやっとわかってもらえるんだと私は思った。それがいちばん幸せな思い出だった。娘がいる、という思いが。

「わかってもいないことを言ってこないで」と、私は車のなかで娘に言う。

娘はまばたきをして、なにも言わない。命じられたとおりに、すっかり無口になって、窓の外を見る。よし、と私は思う。こっちを見てこないで。

なにか察したのか、娘は顔を上げる。バックミラー越しに私と目が合う。そして目をそらす。

ふたりは交際の終わりにかけて苦しみ、将来をめぐる漠然とした口論をし、優柔不断な彼が決心するのを彼女はむなしく待ち、自分を回復させるべくフェミニスト的な小冊子を次々に読破する、といったこともあったが、彼女の手元に残ったものはあった。手元に残ったもの、それは成長する胎児だった。意外な展開だった。もう妊娠するような年齢ではないと思っていた。それに加えて、子宮内避妊器具が内膜とほとんど一体化していて、除去するには保険適用外の摘出手術を受けるしかなかったので、もう子どもはできないものと思い込んでいた。その器具に有効期限があるとは思っていなかった。

体に気を配っていなかったので、妊娠したとわかったときは、もう堕ろすには危険すぎた。男の子なんだって。彼女はその子の父親に連絡した。ふたりが破局している以上、どうしたいかは完全にきみ次第だ、と彼は強調した。どうしたいのか、彼女にはわからない。考える時間もろくにない。「じゃあ、少し考える時間が必要だな。自分へのご褒美として週末に旅行をするといいよ。ワシントンD

Cから最後に出たのはいつ?」と彼に訊ねられて、十一年間出ていないことに彼女は気がついた。衝動的に、マイアミ行きの飛行機を予約した。

有給休暇を使って、海辺でカニカマを食べた。潮は満ちては引いていく。それに合わせて、お腹のなかで胎児が動く。この子を産むことになる、と彼女にはわかった。そう悟っても、お祝いする気分にはならず、むしろ、家計が大丈夫かどうかの計算に取りつかれた。そもそも、費用は賄えるのだろうか。現金化できる資産は次のとおりだ——引き出しにしまってある一家代々の宝石、企業年金プラン、個人退職金、両親が亡くなったときに相続した金で購入したワンベッドルームのマンション。

ビーチでは、島のように浮かぶゴミが打ち上げられ、泡立つ波はプラスチックのがらくたやボトルやタンポンのアプリケーター、デンタルフロスを砂のあちこちに吐き出していた。ビーチの常連たちは持ち物をまとめて散らばり、海浜公園のスタッフはいつになったら清掃に入るのかと文句を言っている。彼女はタオルを取り、ホテルに引き返した。

必然とまではいかないが、時代は変わっていた。アメリカはもはや世界のトップではない。ほかの国で出た「リサイクル可能な」ゴミが、アメリカに輸送されてくる。もう移民が国境に殺到することはない。ほかの国々は脱アメリカ化の計画を進め、アメリカの企業や事業と袂を分かち、貿易の罰金や税金を取り立てていた。アメリカでもっとも重要な文化遺産は、合衆国憲法や独立宣言も含めて外国の博物館や美術館に貸し出され、出来の悪い企画展でイギリスの骨董品と一緒くたに展示されていた。

この時代に、この土地で、どうやって子育てをしたものか。

赤ん坊の父親がその場にいたなら、「それはローカルな問題かグローバルな問題か、どっちかな?」と言っただろう。彼の定義では、ローカルな問題とは、範囲が定まっていて解決方法もわかっている問題のことだ。グローバルな問題とは、複雑で不明瞭な因果関係のネットワークから生じたもので、したがって明確な解決方法はない。そのため、グローバルな問題には悩んでも仕方がない。「ローカルかグローバルかって自分に問いかけてみたら、抱えている問題の半分は消え失せるよ」しおれたサラダなのか、気候変動なのか。しょぼい展開の戦争映画なのか、私たちの植民地主義的なものの見方なのか。

残念なのは、ずいぶん久しぶりの旅行だというのに、まだ彼のことを考えてしまうことだ。連絡してくれたらいいのにと彼女は思った。悲しみのあまり、夢のなかに彼の姿を探してしまう。これはローカルな問題なのか、グローバルな問題なのか。

ホテルのロビーでは、物憂げなフォークソングをカバーするニーナ・シモンの歌声がスピーカーから流れていた。「黒は私の最愛の人の髪《ヘアー》の色」その歌が彼女の頭上を流れる。**そう、彼が進む地面まで私は愛おしい。そしてまだ願っている……**。そのときになってようやく、それまでずっと「黒は私の最愛の人の心《ハート》の色」だと歌詞を勘違いしていたことに彼女は気づいた。

ホテルの部屋のバスルームで、服を脱いでいるときに、奇妙なものを見つけた。水着の上のリネンのチュニックを脱ぐと、脚と脚の間に突起があることに気がついたのだ。水着を脱いで、大型の鏡で自分の体を見てみた。

「なに、これ」

血色のよい肉の器官だった。それがヴァギナから飛び出ている。触れてみた。触ると縮こまるように見えたが、完全に引っ込むわけではない。これは、ええと、腕だ。せいぜいがシャーピーの油性ペンくらいの大きさ。肌はピンク色だ。いや、肌は半透明で、その下の肉がピンク色、細くか弱い血管のマーブル模様になっていて、彼女がくしゃみでもしようものなら内出血してしまいそうだ。それに……指もある。指と指のあいだには皮膜がついている。赤ん坊の腕だ。

出産が始まるということなのか？　でも、まだ破水はしていない。

慎重に動いて、緊急通報の電話番号を押し始めたが、そこで思いとどまった。これはローカルな問題か、グローバルな問題か、どっちだろう。痛みはない。救急車に来てもらって救急治療室に行こうと思えば、救急車サービスのほとんどには保険が利かないので貯金に手をつけることになる。その腕をもう一度じっくり見て、肘のところで曲げてみた（先に手を洗っておくべきだっただろうか）。寒がるかのように、腕は少し震えた。生きている。彼女の見るところ、痛そうな様子はない。それに、彼女のほうにも痛みはないのなら（ないはずだ）、緊急事態とはいえない。緊急事態かどうかは、本人の気持ち次第なのだ。

応急処置クリニックで、彼女は個人情報を用紙に記入した。親切な看護師が彼女を検査して、それが終わったころにようやく部屋に入ってきた医師に結果を伝えた。「つまりですね、イヴ」と、医師は検査結果の表をじっと見ながら言った。「よいニュースは、すぐに出産にはならないということです。まだ破水はしていません。どうやら、腕が止めているようです」

彼女は唾をごくりと飲み込んだ。「赤ちゃんは大丈夫なんですか?」

「まあ、高齢出産は一般的にリスクが高くなります。ですが、超音波検査では異常は見当たりません。胎児の心拍数は正常です。といいますか、かなり元気です」医師はいったん言葉を切った。「たしかに、めずらしい状況です。ですが、前にも見たことはありますし、この状況は胎児にとっては比較的安全で、注意を要するだけです。激しい動きは控えるほうがいいでしょう」

「わかりました。でも……腕が飛び出てるんですが」イヴは紙製のガウンに包まれた自分の下半身に向けて大雑把な身振りをした。恥ずかしく思わないようにするのはひと苦労だ。体のことにすぎない。医師が毎日見ている多くの体のひとつにすぎない。

「わかっています」と医師は言った。腕を見ようとはしなかった。先天異常は、患者が思うほどめずらしいわけではないんです。水に含まれるマイクロプラスチックのせいだという声、製造中止になった女性向け衛生商品のせいだという声、アスベストを添加したタルカムパウダーのせいだという声もあります。訴訟はすべて、判決を待たずに示談となっています。「妊娠期間の残りは」と医師は説明した。「胎児の一部は子宮内ではなく子宮外で成長することになります。理想的ではありませんが、もっとひどいケースもありますから」

彼女は信じられない思いで医師を見つめた。「でも、体のほかの部分と同じように腕は成長してくれるんでしょうか……子宮の外にあるのに?」

「右腕でしたっけ?」医師はカルテを確かめる。

「そうです」

「まあ、お子さんはピッチャーにはなれないかもしれませんね」医師はカルテから目を上げた。「野球ファンですか?」

「ええと、べつに」

「ははは、そうか」彼はどっちつかずの笑顔になった。「まあ、これぞアメリカっていうものですよ。それに慣れてもらうしかないですね」

イヴはぼんやりうなずいた。どうしてこの医師は、彼女がまだ慣れていないと決めつけるのだろう。どうして、彼女が移民二世や三世だとは思わないのだろう。すでに、これぞアメリカというものについてなら医師よりもよくよく考えていた。彼女は話題を変えた。「では、腕は大丈夫なんですか?」

「ええ、おそらくは」彼はこれからどうなるのかを説明した。腕は成長を続けるが、子宮内にいる体よりも成長の速度は遅くなる。この先ずっと、成長は遅れたままで、つねに回復中の腕になるだろう。「これについては、あまり研究がなされていません。腕の動きに気をつけるのがいいと私は思いますね。胎児が休んでいるときは、だらりと垂れていることが多いでしょう。ですが、安定期以降は、腕はもっと動くようになるはずです。もし、腕が居心地の悪さや不安を感じているようであれば、あなたに伝わります。怖がらずに、腕に向き合ってください。あなたの気に入らないことをしていれば、怖がらずに腕の位置を直すことです。もちろん、そっとですよ」

イヴはまたうなずいた。「じゃあ、この腕を、その……包括的に世話していくにはどうすれば?」

「ちょっと確かめてみましょうか……」医師はデスクトップPCでなにかを見つめ、ウェブ版医学辞典らしきものから情報を引き出した。「ここに書いてありますね。腕が自然体でいられるようにして、妙な角度にねじらないようにだけ注意。座るときは気をつけてください。冷やさないようにすること。オイルを塗ってもいいですよ。胎児の手足を温めておくグッズやローションを買えるウェブサイトもあります」彼はあたりを見回し、処方箋の用紙を見つけると、URLを書き留めた。

「ほかにはありますか?」すべて忘れてしまうのでは、と彼女は心配だった。

「そういえば！」まるで、ちょうど思い出したような口ぶりだ。「この手の複雑な状況ですと、妊娠期間が予定日を超えることはよくあります。理由はよくわかっていません。おそらくは四十週か、五十週を超えることもあるでしょう。どれくらい長くなるのかを推定する効果的な方法はまだありません。かかりつけの産科医とよく相談してください」

「パンフレットとか、そういうものはありますか?」目の焦点がぼやけていく。「すみません。言ってもらったことすべてを覚えていられるかが怪しくて。その……」泣きたい気分だった。もっと質問しておくことはあるかと考え、こう訊ねた。「おしっこをするときは、どうすれば?」

医師がたじろぐ動きは、ごくわずかだった。たじろいだと想像しただけかもしれない。「そうですね、身体のロジスティクスについてはまだ話していませんでした」彼は笑顔になった。「排尿時には、腕もきっちり拭いてあげてください。尿は殺菌性の物質ですから、ちゃんと対応していれば感染することはないはずです」そこで壁の時計に目をやる。「もう着替えてもらってよいでしょう。自己負担分のお支払いは受付のところです」

「わかりました」泣く代わりに、彼女はくしゃみをした。そのとき、腕が揺れるのがわかり、小刻みに振動する力が伝わってきた。「腕が一本あるだけですもんね」と、ひとりごとのように言った。

「でかした」と医師は言った。信じられないひと言だった。きっと聞き間違えたのだろう。「その調子です」とか言ったにちがいない。

彼女は、裾の長いふんわりしたワンピースを着て、オーシャン・ドライブをのんびり歩いていき、通りの向かい側にあるナイトクラブから聞こえてくる音楽に合わせて軽く体を揺らした。赤ん坊の腕は軽く揺れ、ケルビムの振り子のようだった。それ以上揺れが大きくなるのはいやだったので、歩みを遅くした。この遅い時間でも、遊歩道沿いではビーチバレーをしている客がいる。すれ違う年配の女性たちが微笑みかけてくる気がした。とっさに、赤ん坊の腕が見えてはいないかと確かめたが、女性たちは大きくなったお腹に笑顔を向けているだけだった。妊娠しているとひと目でわかるのだ。

子どもを欲しくないか、と友達に訊かれたときはいつも、「景気がこれじゃね」と言ってはぐらかしていた。うまい言い訳とはいえない。もっと収入の低い人たちにも子どもはいる。みんな、借金を背負ったまま死ぬのだと覚悟していて、もう気にしないようになっていた。衰退する国に住んでいるというだけのことだ。

この十一年間、イヴはアメリカ政府のイメージ&レピュテーション局で働いていた。ほかの地域でのアメリカの人気をモニタリングして、外国の報道やブログやソーシャルメディアでの取り上げられ方に基づいたレポートを、四半期ごとにひとつのビッグデータ文書にまとめるのだ。過激派の脅威があれば、国防総省《ペンタゴン》に知らせていた。

政府機関で仕事をするにあたっての手続きとして、正式採用になる前に、彼女はＦＢＩによる人物調査と取り調べに応じねばならなかった。男性の職員が、彼女の出身国とのつながりについて訊ねてきた。用紙にある質問を、そのＦＢＩ職員は読み上げた。「米国以外の出身国に対する忠誠心があれば、説明してください」

「その国の国民と文化に対しては、共感と好意を持っています」彼女は慎重に言葉を選んだ。「ですが、政府に対してはありません」

「オーケー、いいですね」ＦＢＩ職員はなにかをメモして、もっと細かい質問に入っていった。彼女はあらゆる事実を明かした。六歳のときにアメリカに移住した。最後に出身国を訪れたのは大学生のときで、両親はまだ存命だった。「まだ向こうに家族はいますか？」と職員は訊ねた。

「ええと、故郷にいた家族のほとんどはよその国に移っています」ここで「故郷」という言葉を使ったのはまずかったかもしれない。「もうそこに行く理由はありません」と付け加えた。

「きっと家族が恋しいでしょう」と職員は言ってきたが、その声に込められた共感は罠だ。彼女の忠誠心を探っているのだ。

さらに事実を述べることで、イヴはその探りをかわした。「大おばがまだ住んでいます。あまり付き合いはなかったですが。大おばの思い出はあまりないですね」大おばは、上の世代で残っている最後のひとりだった。

最後に故郷の街を訪ねていって、あちらこちらの親戚の家の居間でただ座っていたり、大がかりな親族の宴会で人付き合いをしたときのことを思い出した。たいていはひとりで静かにしていたが、祖母が話しかけてきて、二十七歳までに結婚しないと「売れ残り」になるだとか、子どもは三十歳までに作ったほうがいいだとか宣告してきた。父親は、娘がひとりで親戚の相手をするのをいやがった。親心なのだろうと彼女は思っていたが、その後、父親が死んで数年後に、じつは恥ずかしく思っていたせいだと知った。娘のたどたどしい言語能力や、話し言葉の拙《つたな》さ、ぶっきらぼうなアメリカ人的物腰、文化的な常識のなさ、服装。いかにもアメリカ人だ。

そうしたことをいくつか、ＦＢＩ職員にべらべらしゃべり、どっちつかずな立場だという印象を強めてしまった。結局は採用された。

イヴがマイアミ・ビーチの南端にたどり着いたときには、もう暗くなっていた。ビーチの奥で、コンクリート製の長い桟橋が海に突き出ている。そこに向かって歩いていった。そこがアメリカの端だが、かつての帝国の果てというわけではない。暗がりのなか、海は耳には聞こえるが目には見えない、みずからを嘔吐する塊だった。波は喉が渇いて水をすするようなずるずるという音を立てる。その向こうに広がる海には、かつてアメリカ領だった無数の土地が浮かんでいる。プエルトリコ、フィリピン、グアム、ヴァージン諸島、サイパン……。

さっさと出ていこう。暗闇を見つめながら、そう思った。具体的になにをするのかは、自分でもよくわからない。赤ん坊の父親とのあいだにちょっと距離を置いたほうがいい、それは確かだ。でも、それとはべつに、言葉にはならないなにかがある。

数年前に両親が世を去ったとき、ようやく親の期待から自由になれたと思ってほっとした。アメリカに住んでいた家族は両親だけだった。だがそのときには、娘のために親が思い描いていた人生以外は考えられなくなっていた。習慣はすでに凝り固まっていた。なので、親が願ったとおりの生活を続け、政府職員の仕事を続けた。子どもができたということすら、親の望みに応えるものだろう。ひとつ脱線してもいいことにするなら……。イヴとしては、チャンスの地だと親が崇めていたこの国を出ていきたかった。親にとっては、ここに来ることが大いなる目標で、たったひとつの夢だった。でもいま、たったひとりの子どもは、戻ってみようか、帰郷するのはどうかと考えている。

そのとき、一陣の風がさっと桟橋に吹きつけた。最初はそよ風だったのが、やがてもっと強くなった。赤ん坊の腕が縮こまった。まるで、みずからを彼女から引き抜こうとしているかのように。強烈に痛い、陣痛の先触れだった。風が収まり、ワンピースの裾を持ち上げてみると、腕の先にある人差し指が海原の暗がりのほうを指している。これもなにかのお告げだと思った。

彼女はスカート部分の布越しに、震えている腕を撫で、必死に力んでいる腕をなだめようとした。「わかったから。行こうね」と声をかけてやると、かなり経ってから、腕は力を緩めた。

ワシントンDCに戻る深夜便の飛行機が着陸態勢に入ると、彼女は窓の外を眺めた。いつもの目印が見える。ワシントン記念塔、国防総省《ペンタゴン》、バイオパーク。ワシントンDCは基本的には企業城下町で、両側にあるのも企業城下町だった。ヴァージニア州の側には防衛産業が、メリーランド州の側には製薬産業がある。彼女はよく寂しい気分になった。飛行機が高度を下げると、その街の特徴はさらにはっきりして、さらに逃れがたくなった。

空港からそのまま職場に行った。いつもの月曜日の朝と変わらない。スカートを直しつつ、赤ん坊の腕が下敷きにならないように気をつけて、自分のデスクの前に腰を下ろす。受信トレイに届いているメールを見るに、同僚のほとんどは彼女が休暇を取っていたことに気づいてすらいないようだ。

「イヴ、ちょっと来てくれるかな」上司が、小さく仕切られた彼女の仕事用スペースの入口に立っていた。

上司のオフィスに入っても、彼女は腰を下ろさなかった。立ったまま、彼のデスクの後ろの窓に広がる景色を眺めていた。窓からはラファイエット広場が見渡せて、その奥には、ホワイトハウスの後部がある。後ろ側から見ると、ほかの建物となにも変わらない。

上司も座らずにデスクに体を預け、イヴと向かい合った。「旅行はどうだった？」と慎重に切り出した。

「よかった。いろいろ考える時間ができて」彼女はいったん言葉を切った。「それで考えたんだけど、たぶん、ここで働くのをもうやめにするのがいいかなと」

上司は思わず舌打ちをした。「それはやめてほしい」

「やめてほしいっていうのは？」

彼は両手をしっかり組み合わせた。慎重な男性だった。体つきは細く、ビジネスカジュアルが似合うハンサムな男だ。「きみがやめたいと言い出したのは、これが初めてじゃない」

「ベン」彼女はゆっくり話した。「職場に元彼がいて、しかもそれが上司だっていうのは、ややこしくていやだから」とはいえ、元彼というのは、はっきりしないままくっついたり離れたりしていたふたりの関係には言い過ぎだった。

「きみの状況から考えて、やめるには最悪のタイミングだとは思わなかったの？」

「貯金ならあるし」と言う彼女は、意地を張った声になっていた。

「健康保険は？」

イヴは呆れて目をぐるりと回しそうになった。「あのね、私を解雇するか、私が辞表を出すか、どっちでもいい」

「でも、やめさせる理由がないよ」

「この時期って、いつも予算の問題があるんじゃないの？」と彼女はヒントを出した。

「ここはちょっと……落ち着いて考えよう」彼は疲れているようで、じっさいの年齢よりも老けて見えた。ふたりは同い年で同期の入局だったが、彼のほうが早く昇進していた。彼は管理職向きの性格ではなかった。他人の生活を左右するような判断をせねばならなくなると、蕁麻疹が出てしまうのだ。二年前のクリスマスプレゼント交換で、彼女はかゆみ止めローションを一瓶プレゼントした。冗談のつもりだったが、彼に感謝されてあぜんとした。クリスマスと新年のあいだの、なにもすることがない週に、ふたりはデートをするようになった。だれもいないオフィスで昼休みを過ごすのをデートと呼ぶならの話だが。

イヴはソファーに座った。「子どもの世話で大変になる。将来の見通しなんて、ひたすら仕事が増えていくだけだし」そう言いつつ、彼からは目をそらしていた。「いま休みを取らないと、この先しばらくは休むチャンスがなくなってしまう」

「つまり、必ずしも仕事をやめなくてもいいわけだね。一時休暇か、長期休暇を取りたいわけだ」

彼はいつも、彼女の言葉をわざとねじ曲げてしまう。「ふたりで一緒に休暇にするはずだった」と、ひとりごとのように言った。

「だね」おじゃんになったふたりの旅行の計画を、イヴは蒸し返したくはなかった。あのときは、ふたりで一緒に海外に行こう、アジア各地を旅して回ろうという話が出ていた。とはいっても、彼の楽しみといえば南北戦争の戦場跡めぐりだったので、そのうちやめると言い出すだろうと見抜くべきだった。パッタイを食べるのすらあまりに「ハードルが高い」と言うような人が、そんなはるか遠くまで旅をできるはずがない。

彼の新しい恋人に会って、いろいろ腑に落ちた。一度、オフィスにベンを迎えにきたことがある女性だ。金曜日の夜に友達とマリーナでするパーティーにベンと一緒に行くところだった。明るい黄緑色のテニスウェア風ワンピースに白いエスパドリーユをはいた彼女は、長方形の平たいケーキを抱えていた。ホイップクリームを塗った上にブルーベリーとイチゴを載せて星と縞模様を作り、星条旗に似せてあった。彼のオフィスの入口に並んで立っている姿を見たイヴは、ふたりが同じような環境、同じタイプの家庭で育ってきたのだと察した。

かといって、彼についてあれこれ割り引いて考えたいわけではない。たとえば、彼だけが、温もりと深い気持ちを込めて彼女にいろいろ話をしてくれたこととか。問題は、そうした気持ちを表に出してくれるのは、彼女が眠っていると彼が思っているときだけだということだった。問題は、彼のもっとも温かくて人間らしいところに触れたければ、彼女はいつも起きていないふりをせねばならないことだった。

ベンのオフィスで、ふたりとも長いあいだ無言だった。ほかの職員たちがぞろぞろと昼食を取りに向かう足音が聞こえる。彼女もそこに加わりたかった。この会話をしていても、どこにも行き着かない。ここはひとつ、彼にショックを与えるしかないだろう。

イヴはスカートのジッパーを下ろした。「なにしてる?」彼は扉にちらりと目をやって、そわそわと落ち着かない様子で訊いた。そして言った。「それは?」

「腕だけど」彼女は医師に言われたことを彼にも説明し、めずらしくはないのだと教えた。

「ニュースで聞いたことはあったけど」彼の目はそこに釘付けだった。「でも、自分では……初めて見た」

「本物だから」と彼女は請け合った。「触ってみたい?」

その言葉を待っていたかのように、赤ん坊の腕が縮こまる。もうピンク色ではなく、押しつぶされたような赤い色になっている。ちょっと産毛も生えてきていた。あらためて見てみると、彼女ですらぎょっとした。

「いまじゃない、かな」彼は気持ち悪がっていても礼儀正しかった。

「なにびびってるの?」そのときになってようやく、彼女はこれこそ自分が求めていることだと気がついた。彼にとって異常ななにかになること。

「いいか、きみがやろうとしてることはわかってる」ベンはかっとなった。「仕事をやめるなんてことはさせないからな。頼む、ジッパーを上げてくれ」彼はいらいらして部屋を歩き回った。「じゃあ、こうしよう」彼がざっと話した案とは、イヴが溜まっていた有給休暇を一気に使えるようにするというものだった。「ここまで、六か月分使っていない。だから半年休むといい」

「一度に二週間を超える休暇を取るのは規則で禁止されてると思ってたけど」

「それはどうにかする」彼はうんざりしたように言った。「でも、ひとつ条件がある。休暇を終えたら、戻ってくること。これは本気だ。戻ってこなきゃだめだ」

どうしてその条件を出すのか、とは訊ねなかった。「それなら、こっちにも条件がある」と、彼に心変わりさせられる前に彼女は素早く言った。「明日出発したい」


両親の付き添いなく、イヴがひとりで母国に戻るのは初めてだった。帰郷したかったが、そこにどんな意味があるのかはわからない。どっと押し寄せる津波のような既視感に圧倒されたいからかもしれない。かつてのイギリスに住んでいて、クリスマスとかにはEメールをやりとりする、いとこの子どもがいた。その人を介して大おばと連絡がついて、泊めてもらえることになっていた。大おばはひとり暮らしで、亡くなった夫の年金で生活していた。

空港からたどり着いたイヴは目を見張った。大おばのアパートメントは、戦前のニューヨークの建物を模した新築で、アッパー・イースト・サイドにあっても場違いではない。少なくとも、内装を見るまではそうだった。

大理石張りのロビーは、ヨーロッパの建築様式をごちゃまぜにしたものだった。ツタの葉の形をした廻り縁、チューダー朝風のシャンデリア、それからヴェネツィア式窓の騙し絵。小型のグランドピアノが、鯉の池の横で「可愛いダンサー」を自動演奏している。エレベーターホールはどこにあるのかとぐるぐる回ってみたが、その建物のどこにもエレベーターはついていなかった。メンテナンス係が指した扉の先には、階段が続いていた。階段の照明は危なっかしくまたたき、イヴは息を切らせつつ十六階まで上がった。赤ん坊の腕は、ワンピースに隠れてぱたぱた揺れていた。

アパートメントの両開きの扉の先にはダイニングがあり、テーブルには所狭しと食べ物が並べられていた。ピラミッド状に積み上げたマンダリンオレンジのまわりには、ソーセージを詰めたサトウキビ、千切りのショウガとネギが山ほど載った蒸し魚、レンコンが点々と浮いたスープ、小エビとライチの皿、ゆがいたホウレンソウが置かれている。彼女の目に見えるのはそうした料理で、各種のナッツやホイルに包まれたタフィーキャンディーの小皿が添えられていた。大きなテーブルのそばに立っている大おばは、小柄で小ぎれいな七十代の女性だった。おずおずとイヴの片頬を撫でて挨拶すると、彼女を抱きしめた。

共通の言語で話すことはもうできなかったが、身振り手振りを交えて、初歩的な会話をどうにか続けた。どうにも怪しいときには、イヴの携帯電話で翻訳アプリを使うと、無機質なイギリス人の音声が言語の架け橋になってくれた。**このソースは魚によく合いますね**、とか、**気をつけて。シャツに染みがついていますよ**、とか。

会話しようとする努力で疲れてくると、ふたりは特大のごちそうからちょこちょこ食べた。その惜しみなさと種類の多さからして、大おばは亡霊たちをもてなす気だったにちがいない。イヴがマンダリンオレンジをかじってみると、アーモンドシロップの味が舌を刺してきた。じつはマジパンでできていて、金箔で飾られたなかにはチョコレートとナッツが詰まっていた。突然、祖母との新年のお祝い、おばの結婚式、自分がアメリカに移ったときのお別れ会のことを思い出した。既視感に襲われるのは、溺れる感覚に似ていた。

風量の強いエアコンは、出し抜けについたり切れたりする。照明も同じで、幽霊屋敷にいるようにちらちらまたたいている。大おばの身振りによれば、この建物の電力は夕方になると気まぐれで当てにならないらしい。突然、時差ぼけや妊娠や味がばらばらで濃厚な食べ物や、気温の上下や不安定な照明といったささいな不快感が雪だるま式に膨らみ、めまいと疲労感が雪崩のように押し寄せて、方向感覚を失わせた。頭がくらくらした。

気がつくと、イヴはソファーで横になっていた。上に見える天井の明かりはまだ明滅していて、大おばが靴を脱がせてくれている。ごめんなさい、玄関で脱ぐのを忘れてた、失礼なことしちゃった、とイヴはもにょもにょ言った。大おばは笑って、イヴには聞き取れないなにかを言い、器用な指でゆっくり、そして明らかにこちらを気遣いながら靴ひもをほどいてくれた。この大おばは、赤の他人も同然の人だ。両親や一家のほかの人たちとちがって、イヴと仲違いしたことはない。家族とはちがってイヴが傷つけたこともない。一から始められる予感がした。

食べすぎて、眠気が襲ってきた。大おばに額を撫でてもらいながら思った。そう、帰郷がどういうものか、やっとわかった。ほかにはない居心地のよさを味わえるのが帰郷だ。世話を焼いてもらって、泥のような眠りに引き込まれるものなのだ。

それでも――。赤ん坊の腕が動くのがわかり、イヴは体を縮こまらせて大おばの手から離れた。

続く数日間、大おばに連れられて故郷の街を回った。子どものころに見た記憶がある場所もいくつかあった。睡蓮の池にかかる石橋。かつて石彫りの虎のそばでポーズを取って、おじのひとり（いまでは離婚して縁がなくなっている）に写真を撮ってもらった彫刻公園。そして、祖母がよく朝の買い出しをしていた露天市。

そうした場所がある一方で、街のほとんどは取り壊されて再開発されていた。少なくともその一部は、脱アメリカ化計画や、国の真の伝統を「取り戻し」、不当な西欧の影響から抜け出そうという国家主導のプロジェクトによるものだった。アメリカ企業の店舗展開は一切禁止され、しばしば国内の模倣店が取って代わっていた。見慣れたチェーン店やフランチャイズ店は一軒も見当たらないが、無人の店にうっすらと亡霊のような痕跡が残っているのはいくつか見かけた。ＫＦＣが一軒、ばらばらにされて路地に置かれた金色のアーチがふたつ。

だが、アメリカはいたるところで、サブリミナル的に残っていた。以前よりもむしろ存在感があるかもしれない。否定するものによってしかみずからを定義できないイデオロギーは、敵対する当の相手によって定義されてしまう。たとえＫＦＣはもうないとしても、ＣＦＣはまったく同じに見える。それと同じく、スーパーマーケットのレイアウトや蛍光灯にもアメリカが感じられる。なじみの、どぎつい色彩が目にうるさい看板や広告や商品パッケージにも、アメリカは感じられる。カリフォルニアのオレンジ郡の郊外を模した住宅開発地にも。ホワイトハウスみたいで、でもよくよく見れば刑務所だった建物にも。

英語も禁止されてはいるが、子どもたちはこっそり「クール」とか「オーケー」と口にして、母親に頭をはたかれていた。イヴはといえば、人前では口をきかなかった。以前、両親と里帰りしたときにも、母国語でしゃべるとなまりがすぐに出て赤ちゃん言葉みたいになってしまうと親から言われていたので、人前ではしゃべらなかった。

ある晩、露天市を歩いていると、突然大おばの動きが活発になって、ある方向に身振りをした。イヴの腕を引っ張り、早足になった。混み合った通りをジグザグに進んで、露店やプラスチックの食器を置いた簡易食堂やポップミュージックを響かせる店の前を過ぎていった。大おばは信号をあっさり無視して、次々にやってくるバイクと度胸試しをしつつ、すいすい道路を渡っていく。街ではみんなやっていることだが、イヴは自分の親戚の神経の図太さ、コンクリートを叩くビニールサンダルの素早く大きな音に驚いた。大おばが腕をつかんでくる力は驚くほど強かった。

陸橋を渡った。下では、幹線道路をバイクが飛ばし、猛スピードでほかの車両のまわりをすり抜けていく。

幹線道路の向かい側は、まだ開発が進んでいない古い市街地だった。活気ある商業地区は住宅地に変わり、そよ風にのんびり腕を揺らす木々や手入れされていない葉が回廊のようになって家並みを囲んでいる。車の往来の音はかすかになり、虫が羽をうならせる音や、金属のゴミ箱のふたが閉まる音といった生活音が取って代わる。街灯の数は減り、間隔は長くなった。

大おばはゆっくりした足取りになり、コンクリートの中庭にあって、街灯の蛍光灯に照らされたごく平凡な建物の前で止まった。散々目にしている新しい建物と比べると、古くてずんぐりしている。色褪せた花柄のカーテンの奥には、人々の生活がある。大おばは建物の窓のひとつを指し、なにかを言った。

「なに?」イヴはまだ息を切らせていた。

大おばはその言葉を執拗に繰り返した。さらにもう一回。

イヴは携帯電話を取り出すと、その言葉を録音し、翻訳アプリにかけてみた。イギリス人の機械音声がどこからともなく生じ、ふたりのあいだの空間を埋める。**生まれ**。アプリはその翻訳を繰り返した。**生まれ**。

イヴはまたその建物に目を向けた。二階の角にある窓。生まれた場所だ、とわかった。イヴの生まれたところだ。

大おばは「覚えてる?」という意味のことを言った。ばかげた質問だが、イヴはすんなりと「はい、覚えてます」と答えた。そんなはずはないのに、確かに覚えていた。

カーテンの奥を動く人影があった。だれかが居間にあるものを取りに向かっている。もう冷めてしまったお茶のカップか、洗わないといけない室内用スリッパか。表の中庭では、マグノリアの茂みが花を咲かせている。それを見た彼女は、ラファイエット広場のマグノリアを思い出した。ベンとふたりでよく、昼休みに広場を散歩していた。ベンは人前では自分の影と彼女の影が触れ合うことすらいやがっていた。木の葉の下で、地面をじっと見つめていた。

大おばはまたべつのことを言った。もう疲れているので、意味をつなぎ合わせることもままならず、イヴはまた翻訳アプリにかけた。イートン校仕込みの英語を話す声が、またどこからともなく生じてくる。**もう戻ったほうがいいですか?**

「はい」彼女は母国語で答えた。「はい。そうですね」

夜中に、ベンはイヴに宛ててEメールを書いた。彼女の夢を見て、目を覚ましていた。昼休みに、彼女と一緒にラファイエット広場を歩いている夢だった。現実でもよくやっていたことだ。もっぱら頭に残っているのは、傍らにいる彼女の存在感、どこに目を向けても咲いている花、そして言えなかったことについての不安だった。

それが、メールの文面の始まりだった。夢の話はおろか、感情のことを言葉にするのは彼らしくない。感情っていうのは岸に寄せる波と同じく自然現象だと僕は思ってる、と彼は説明したことがあった。

そのあと、メールの口調は少しそっけなく、きびきびして、いつもの調子に戻った。彼女の体調はどうか、万事順調かと訊ねた。職場での最近の出来事を伝え、もし困っていることがあればなんでも力になるからと書いた。

彼の職場のアドレスから送られるそのメールは、つまるところは事務的なお知らせだった。彼女の半年の休暇がそろそろ終わりになることを確認し、戻ってきたらどう進めていくか、そろそろ真剣に調整したほうがいいと書いた。ベンは彼女が職場に復帰すべき日付を書き——彼女が忘れているとでもいうかのように——そして、「心を込めて」で結んだ。

あれこれ言い回しをいじって時間を無駄にしないよう、「送信」を押した。

夜にシャワーを浴びたあとはいつも、赤ん坊の腕の手入れをする。彼女は手入れ用のアイテム一式をキャンバス地の小袋に入れ、口をひもで縛っていた。柔らかい綿のタオルで腕を拭いたあと、少量のピンク色の保護軟膏を手のひらで温めてから、腕の肌に塗り広げる。それから、ブレンドオイルを数滴振りかけて、軽く叩いて肌に染み込ませる。腕はふっくらとして大きくなり、以前と比べて肉もしっかりついてきた。軽くマッサージをする。毎週爪を切る。

バスルームの窓から差し込む街灯の光で、彼女はよく、赤ん坊の腕を眺めてから、少しばかり重みをつけた冷え防止の袖をかぶせた。その袖が腕の動きを制限して、犬の不安を解消するドッグウェアのように、ときおりの不安げな震えも抑えてくれる。彼女が目をかけて世話してやるのに反応して、腕は喜びを表しているように思えた。最初はグロテスクに思えたが、いまではすっかり愛おしい。母親になることについてどんな不安があったにせよ、このずんぐりした器官を前にするとどうでもよくなった。ちぎりパン並みのむちむちした感じは、「正常な」赤ん坊がまとうものに劣らない。

そうして手入れしているところに、たたんだタオルの山を抱えて、大おばがバスルームに入ってきた。

沈黙があった。赤ん坊の腕を披露して、同情してもらえるか、少なくとも受け入れてはもらえそうな気がした。だが、タオルは床に落ちた。大おばは笑顔を凍りつかせたまま、バスルームからゆっくりとあとずさり、もう電気が消えて暗くなった廊下に入った。

廊下の影に入ると、大おばは首を横に振り始めた。目はあちこちを泳いでから、またイヴに戻り、信じられないという目つきは咎めるものへと変わっている。ほらきた。イヴにはおなじみの目つきだった。両親や祖父母、おばたちやらおじたちやらが、どこかの時点でそういう目つきを向けてきた。

とまどって、混乱した目つきだ。彼女をどうすればいいかわからず、自分たちの家族と呼ぶのをためらっているかのような目つき。

影が大おばにかかり、包み込んで、ついには姿が見えなくなった。イヴには声しか届かない——上ずった声、意味のわからない言葉。翻訳アプリを使わなくても理解できた。

どうして、そんなに躍起になって自分を弁護しようという気になったのか。裸のまま、体にタオルを巻きつけもせず、彼女は廊下に何歩か踏み出した。暗闇に向かって、もう医者には診てもらったし、この先天的「欠陥」は、正常とはいかないまでも、少なくとも心配するほどのことではないのだと説明した。アメリカではよくあることなのだ。ほかにも同じような状況の妊婦たちはいる。

返事はなかった。大おばがまだ廊下にいるのか、こっそりアパートメントのほかの場所に行ってしまったのかはわからない。

イヴが廊下に出ると、暗闇から一本の腕がぬっと飛び出てきて、彼女の首をつかんだ。小さく、老いた腕で、しなびて針金のようだが、力は強い。それが彼女にまとわりつき、指を引き剝がそうとしても屈しない。イヴは息をしようともがいた。赤ん坊の腕は力なくばたばた動き、体を跳ね回らせる魚のようで、ひとしきり痙攣し始めた。

煮えくり返る声が、暗闇から届く。だれにも結びつかないような声、イヴの目に見える人とはかけ離れた声。**出ていけ。出ていけ**。

このまま失神するかと思ったが、そのとき気づいた。喉を襲っているのは自分のパニック、自分のぜいぜいという呼吸だ。首をつかんでいた手は、もう力を緩めていた。力は強いが、命を脅《おびや》かすほどではない。殺しにかかってはきていない。家族は傷つける以上のことはしてこない。彼女は満身創痍でこの人生を進んでいくが、それでも彼女は生きていく。

イヴはついにその手から逃れた。屈辱で体が震え、陣痛が体を伝っていった。そのさなかにあっても、赤ん坊の腕が震えているのがわかった。安全なバスルームに引き返すと、小さな腕を撫でてなだめ、よしよしと声をかけて、ストレスによる震えを止めようとした。小さな指が、彼女の指に巻きついてくる。まだ本陣痛ではなく、準備にすぎなかった。

屈辱感は、やがて、怒りに変わった。こんなのどうでもいい、と思った。どうでもいい。私はアメリカに帰って、赤ちゃんを産むんだから。一家で初めての、生まれつきのアメリカ市民だ。ああしろこうしろとうるさい先祖とか、なにかと縛りの多い伝統や期待とかからも自由に、この子は生きられる。その残忍な瞬間に耐えられたのは、もう戻らないというはっきりした思いがあったからだった。ぜったいに、ここには戻ってこない。

彼女は暗い廊下を睨みつけた。

出ていけ。出ていけ。

そう、いつものことだ。さっさと明日になってくれたらいいのに。

彼がEメールを送って何週間も経ってから、彼女からの返信も真夜中に届いた。短いメッセージだった。返事が遅れてごめんなさい、旅行してたから。元気にしているし、ずっと親戚の家に泊めてもらっていて、いまはホステルにいます、と書いてあった。それだけだった。

それに返信して、戻ってくる準備はしているのかと彼は訊ねた。あらためて、職場に復帰する予定になっている日付を書いた。いくつかの新規事業をどう委託するかを決めなくちゃいけないから、きみが戻ってきてくれるのを当てにしてる、と付け加えた。

すぐには返事はなかった。数日して届いた返事は、かろうじて文の体《たい》をなしていた。うん、もちろん。

空港での搭乗ゲートは、まだ前の便の乗客を案内しているところだった。ワシントンDCに戻るまでに三時間をつぶさないといけないが、ほんの数時間のためにもう一泊分の料金をホステルに払いたくはなかった。そんなわけで、彼女は平日の夜十二時近くの搭乗待合室にいて、いくつも並んだテレビ画面で地元のニュース番組を観ている。

搭乗中なのは、シカゴ行きの便だった。乗客はほとんど手続きを終えて、搭乗券もスキャンし終わっていて、ゲートが閉まろうとしているところに、遅れぎみの数人が手荷物を持って駆け込んでいた。

テレビでは、ニュースキャスターが繰り返し口にする「帝国主義者」という言葉が、選択式字幕に翻訳で出ていた。ここで過ごすうちに、その言葉が要は「アメリカ人」と同じ意味で使われているのだと彼女は学んでいた。いささか勝ち誇ったような大仰な口調で語られる、そのときのニュースは、アメリカの出生率が前年よりも低下したと伝えていた。でも、とイヴは思った。それってほとんどすべての先進国に当てはまることなのでは？　ニュースキャスターが語る帝国の衰退を聞きつつうつらうつらしながら、それはどこで読んだ話だったのか思い出そうとした。

「待ってくれ！　待った！」と怒鳴る男の声で目を覚ました。どんな言葉であれアメリカ英語を耳にするのは久しぶりで、自動的に起きてしまった。耳慣れたものによる、誘惑の声だ。中年夫婦が、かん高い音を立てる機内持ち込みスーツケースを引いて、全速力でゲートに走ってきた。

「私たち、あれに乗るの！」女性が係員に怒鳴った。

「もう遅いです」と、近づいてくる夫婦に係員は言った。「閉めました。五分前に」

外に見える飛行機は、もうボーディングブリッジから離れていた。夫婦は係員を見て、飛行機を見て、また係員を見て飛行機を見た。

「いや、困る。乗らなきゃだめなんだ」と夫は断固として言った。中西部の人だ、とイヴには発音でわかった。でも、身なりからして、中西部のなかでもリベラル寄りの牙城となっている土地の人だろう。銀髪で眼鏡をかけた夫は、紺色のブレザーの下にボタンアップの白いシャツを着ていて、妻のほうは天然繊維を天然染料で染めた薄いグレーのワンピースに、おそらくはサステナブル認証付きの上品な金のネックレスを着けている。

「帰国しないといけないの」と妻は付け加えた。

「ゲートは閉まりました」と係員は落ち着いた声で言った。「再予約します」

夫婦はうなずいた。つかのま無言になって、悟ったような様子で、外でライトを点滅させながら待機している飛行機を見つめた。ふたを開けてみれば、その沈黙は事態を受け入れたのではなく、再充電するためのものだった。夫婦は感情を爆発させた。

「頼むよ、飛行機はすぐそこじゃないか！」夫は窓の外にあって扉をしっかり閉めた飛行機を身振りで示した。「扉をまた開ければいい。我々を通してくれたらそれでいいんだ」

「ここに二週間もいたのよ！」妻は言った。「もう一日だっていられない。私は暑さアレルギーだし。水はばい菌だらけ。ここの料理は食べられたものじゃない！」

搭乗待合室には、ほかにもちらほら座っている乗客がいた。おそらくはイヴと同じく次の便を待っている、不便な時刻に出発する格安航空券を手に入れた若い国外在住者たちだ。落ち着かない、意地悪な好奇心でやりとりを見守っていた。

旅行客のひとりが、ことを丸く収めようとした。夫婦のところに歩いていくと、手助けを申し出た。「チケットカウンターに行くお手伝いをしましょうか？　上の階にあるカウンターでべつのチケットを買えますから、次の便に予約してくれるはずです」

妻の耳には入っていないようだった。ひとりごとのような調子で、こう告げた。「自分たちの家が恋しいし、友達にも家族にも会いたい。国に帰りたいだけよ！　犬にも会わなきゃ！　うちの——うちの子どもたちにだって！」いまや泣いていて、ブレスレットをじゃらじゃら鳴らしながら両手を顔に当てた。

「ここの国民はもてなしの精神で有名なんだろ！」と夫が付け加えた。「こんなのもてなしじゃない！」

イヴはあたりを見回した。これはなにかの冗談だろうか？　どっきり番組の収録で撮影スタッフがいたとしても、驚きはしなかっただろう。それとも、この夫婦がこんなふうに振る舞っていいと考えるのは、だれも見ていないと思っているからなのか。アメリカの外に出てようやく、このふたりは自由になっている。

そのとき、陣痛が来た。今回は本物の、赤くレーザーのように鮮明な痛みが、子宮のてっぺんから骨盤に走る。ＳＦ映画に出てくる、肉体が変容する恐怖の場面だ。全身がこわばり、怖くて動けない。一分も続かなかったが、それまでにはない、はっきりした痛みだった。

「あの飛行機には乗れません。扉は閉まっています」係員のうわべの微笑みは消えかけていた。「扉が閉まれば、搭乗はできません」

すがるような目で、妻は窓の外を見る。「でも、飛行機はすぐそこじゃない！」

赤ん坊の腕が動き、警告するように彼女の肌を引っかいてくる。「いまはだめ」と彼女はひとりつぶやいた。「頼むから、いまはやめて。いまだけは困る」脚を組んで、腕を太ももで優しく挟み込んだ。

「いいじゃないか」夫は粘った。「トランシーバーを使って、乗せ忘れてた乗客がふたりいるってパイロットに言ってくれ」そこでひと息入れた。「飛行機はすぐそこじゃないか！」

「予定を変更してください」係員は静かな声に威厳をにじませた。電話を手に取ると、「警備員を」と要請した。

「家に帰りたい。帰りたいだけ」と、妻は涙ながらに言う。すすり泣く声はターミナルにこだますようで、その音を跳ね返す窓には、その場の様子がみんなに向けて映し出されている。赤ん坊の腕はイヴの組んだ脚から自由になり、またばたばた動いて彼女の肌に爪を食い込ませてくる。また陣痛が来る直前に、飛行機は向きを変えて離れていった。彼女がぐったり眺めていると、飛行機は滑走路をすべるように進み、離陸に向けて加速していった。

謝辞

「ブリス・モンタージュ」という用語は、私の知るかぎりでは、映画史研究者ジャニーン・ベイジンガーの造語である。ベイジンガーが『ある女性の視点』でそのことについて書いていたのを読んで着想を得た。

ジン・オーとルーク・イングラム、ジョージ・モーガン、エリザベス・プラットというワイリー・エージェンシーのチームに感謝したい。そして、熱烈な感謝を、FSGのジェナ・ジョンソンとスティーヴン・ワイルに。それから、この本に関わってくれたジャニーン・バーロウ、リアナ・カルプ、ダニエル・デルヴァル、ニーナ・フリーマン、デブラ・ヘルファンド、ヒラリー・ティスマン、クレア・トービン、ケイトリン・ヴァン・デューゼンと、その他たくさんの人たちにも。

この本に収められた短篇は、べつの形で〈アトランティック〉、〈グランタ〉、〈ニューヨーカー〉、〈アンスタック〉、〈ヴァージニア・クオータリー・レビュー〉、〈ゾートロープ〉に掲載された。そこでお世話になった編集者の人たちにも感謝したい――クレシダ・レイション、オリヴァー・マンデイ、ルーク・ナイマ、マイケル・レイ、ポール・レイエス、そしてマット・ウィリアムソンに。

教職からしばらく離れて執筆に専念できたのは、ひとえにホワイティング基金と全米芸術基金からの寛大なサポートあってのことである。その助けがあって、この本は生まれた。ユークロス基金は、まさに必要なタイミングでひと息つかせてくれた。

私がどうにかやってこられたのは友人たちのおかげだし、そのうち何人かはこの本の短篇の原稿を読んでくれた。ダニエラ・オルシェフスカ・ビア、ウィル・ボースト、ニック・ドルナソ、ダン・ジェノーヴ・シルヴァン、イサベル・ギルバート、ジェイコブ・ナップ、ケイティ・ムーア、ハーパー・クイン、カーステン・サラチーニ、みんなありがとう。何か月も集中して世話をしてくれたママにもありがとう。そして、いつも最高の読者でいてくれるヴェイラーにも。そして、私が夢にも思わなかったし想像すらできなかった人、ヴラドに。

訳者あとがき

本書は、中国出身のアメリカ作家リン・マー（Ling Ma）による、第一短篇集 *Bliss Montage* の全訳である。マーは二〇一八年に長篇『断絶』（*Severance*、日本語訳は白水社より二〇二一年刊行）でデビューしており、キャリアにおいて本作は第二作にあたる。

前作『断絶』は、中国南部で発生した熱病「シェン熱」が世界中で流行し、アメリカも破滅に向かっていくなか、マンハッタンのオフィスに勤務する中国出身の女性がサバイバルを余儀なくされるという筋立てだった。刊行翌年に新型コロナウイルスの流行が中国の武漢で報告され、続く二〇二〇年には世界規模のパンデミックに進展したこともあり、『断絶』は予言的な小説として注目を集めた。

ただし見逃せないのは、この小説がパンデミックという設定や、熱病の感染者が一種のゾンビになってしまうというポピュラーな物語の形式を借りている一方で、二十一世紀のアメリカ社会の空気を見事に切り取っているという事実である。『断絶』の核にあるのは、言語的にも精神的にも「帰郷」が不可能になった移民の女性が、アメリカのミレニアル世代の一員として根無し草的な生活を送るなかで浮かび上がる、グローバル資本主義のシステムに組み込まれた人生の虚無という感覚である。

いずれも若い女性を主人公とする本作『ブリス・モンタージュ』においても、移民にとっての「ホーム」はどこなのかという問いや、醒めた距離感を保つ一人称の語り口など、マーの作風は『断絶』から連続したものになっている。ただし、この短篇集では、人間関係における暴力や、存在の孤独という、マーの中核的主題がより前景化され、人と時代に対する鋭い観察眼と、物語を組み立てていく手腕の凄みが際立って感じられる。

マー自身の説明によると、「ブリス・モンタージュ」とは、映画において主人公が経験する至福の瞬間を表現する映像シークエンスのことである。お気に入りの例として、マーは『ホーム・アローン』（一九九〇年）で少年が家でひとり好き放題に振る舞う場面を挙げている（〈ナイロン〉のインタビュー）。ただし、そのタイトルと各短篇の関係は一筋縄ではいかない。各短篇の素材はかなり前からスケッチのような形で手元にあったものの、感情が火山のように噴出する書き方になっていたため、作品としては損なわれていたという。パンデミックの時期に、少し距離を取って眺められるようになり、短篇として完成していった（〈NPR〉のインタビュー）。一年ほどのあいだに、複数の短篇を並行して書くようにして、一気に本として完成させた、とマーは語っている。

二〇二二年夏の刊行直後から、本書の評価は非常に高く、〈ニューヨーク・タイムズ・ブックレビュー〉では、「マーの短篇は予測不可能な展開を見せ、読了後も心に残る」と評されたほか、〈ワシントン・ポスト〉では、「マーの才能が発揮された短篇は、世界の境界線を押し広げる」と絶賛された。その勢いそのままに、本書は同年の全米批評家協会賞を受賞した（最終候補には川上未映子『すべて真夜中の恋人たち』やヨン・フォッセの英訳がノミネートされた）ほか、二〇二二年刊行の短篇小説集を対象とする〈ストーリー・プライズ〉を受賞した。本書収録の「オフィスアワー」は、二〇二三年のオー・ヘンリー賞、「北京ダック」は同年の〈ベスト・アメリカン・ショート・ストーリーズ〉にも選出され、短篇の名手としてのマーの評価を確かなものとしている。

具体的に、各短篇を紹介しておきたい。本作の冒頭に置かれた「ロサンゼルス」（"Los Angeles"）では、ロサンゼルスの豪邸に住んでいる女性が語り手となる。夫とふたりの子どもだけでなく、百人の元彼とも同居しており、投資会社に勤める夫のセリフはすべてドルとセント記号で表記されるなど、幻想とユーモアが合わさった語り口になっている。百人いる元彼のなかで、自分を殴ったアダムと、恋をした相手であるアーロンは特別な存在だと語り手は言う。過去が存在感をもたない都市ロサンゼルスにおいて、その生活が永遠に続くかと思われるが、やがて、変化は否応なく訪れる。超現実的な空気のなかでの「リアル」と「フェイク」がせめぎ合うという主題と、記号表現の愉快さを織り交ぜた語りの先に、過去を取り戻すことは可能なのか、という感情的な切実さが浮かび上がる。

続く「オレンジ」（"Oranges"）は、「ロサンゼルス」と似た設定で開始される。語り手の女性は、暴力的な交際相手だったアダムを街で見かけて、こっそり彼のあとをつけて延々と歩いていく。その展開と並行して、アダムがかつて語り手にふるった暴力の余波が語られる。複数の時間軸を絡ませつつ、人間関係のもろさとしぶとさを基調として、都市の孤独を凝縮して描き出す手法は、どこか絵画的ですらある。

「G」（"G"）では、中国系アメリカ人の女性同士の関係が軸となる。語り手ベア（ベアトリス）は、ニューヨークから西海岸へと旅立つ直前に、子ども時代からの友人でありルームメイトでもあったボニーのもとを訪ね、かつてのように、お気に入りのドラッグGを摂取して街に繰り出し、セントラル・パークにたどり着く。その過程で、単に同じ中国系の友人同士というだけではない、暴力性を潜ませた関係が語られていく。

一転して、「イエティの愛の交わし方」（"Yeti Lovemaking"）は、スケッチ風の短い作品ながら、イエティが実在して、しかも人間社会に溶け込んでいるという、ユーモアを交えた幻想的な設定が可笑しい。語り手の女性は一夜限りの関係と思ってビジネスマン風の男についていったところ、その正体がイエティだったのだ。それと並行して、語り手が「きみ」と付き合っていたころの記憶が語られる。シュールな設定において、イエティの孤独と語り手の孤独が響き合う構成は、どこかミランダ・ジュライを思わせもする。

本書で最長の短篇「戻ること」（"Returning"）は、シカゴで暮らす移民作家の夫婦の関係を中心として展開する。夫婦のすれ違いが大きくなっている状況で、語り手である女性は、夫ピーターの故郷である架空の旧共産主義国ガルボザでの〈朝の祭り〉に参加すべく、初めて飛行機で降り立つ。だが、着陸後も機内で寝過ごしているうちに、気がつけば夫に置き去りにされている。空港のターミナルで夫を待つあいだに、〈朝の祭り〉は思っていたものとは相当違うことを語り手は知る。その語りに挿入されるのが、シカゴでの結婚生活の歯車が狂う様子や、語り手自身の小説『二週間』のプロットなどである。人間関係の不調や孤独という、この短篇集の通奏低音と、移民にとっての「帰郷」とは何かという問いが、互いを増幅するようにして、幻想的な儀式に流れ込み、緊張感を作り出している。

幻想的な設定は、一見してごく平凡な大学キャンパスを舞台とする「オフィスアワー」（"Office Hours"）にも引き継がれている。主人公マリーは学生時代、映画研究の教授のオフィスアワーを必ず訪ねて議論していた。十数年が経ち、マリーは母校に助教として採用され、その教授の研究室を引き継ぐ。ある日、学科のパーティーに元教授が現れ、部屋で見せたいものがあると言い、クローゼットのなかに入っていく……。作中で言及されるアンドレイ・タルコフスキーの『ストーカー』などにも通じる異界の空間と、幻影としての映画の研究者であるという設定が交錯し、現実と非現実がせめぎ合う緊張感を醸し出している。

「北京ダック」（"Peking Duck"）では、誰かの体験を自分のものとして語ることは許されるのか？という問いが、移民の女性の経験を軸とした重層構造になった語りにおいて探求される。作家志望の大学院生である語り手の女性は、中国出身の母親がユタでベビーシッターをしているときに清掃用品のセールスマンに上がり込まれた一幕を一人称で物語に仕立てる。物語は誰のものなのか？　書き手は他者の視点に入り込むことができるのか？　という、創作そのものをめぐる主題と、アメリカ社会におけるアジア系移民の置かれた位置についての洞察が交錯する。奪う・奪われるという主題を自分の創作行為に向けて掘り下げていく物語の勢いが、後半にかけて加速していく。

本書の最後を飾る「明日」（"Tomorrow"）は、近未来の、世界における覇権を手放したアメリカに暮らす主人公イヴの奇妙な帰郷を描く。中国出身で、現在はワシントンＤＣで政府機関に勤めるイヴは、恋人と別れた直後、思いもかけず妊娠していたことを知る。しかし、その妊娠は思わぬ形になり、彼女は長期休暇を取って生まれ故郷の中国に戻ることにする。衰退中の合衆国という寂れた雰囲気のなかで、帰郷や移動という主題が語られる。

『ブリス・モンタージュ』全体を通じて、リアリズムを基調とする作品と、非リアリズム作品が混在し、一人称の語り手の語り口も一様ではなく、マーのストーリーテラーとしての幅の広さが存分に発揮されている。日常に潜む暴力性という主題とともに、現代アメリカの心象風景を巧みに切り取ってみせつつ、各短篇は現在と過去、現実と非現実とのあいだを絶妙の間合いで行き来し、作中に登場する実在・架空の作品やエピソードを通じて主題を重層化していく。マーの物語作家としての手腕は見事だと言っていい。

マー自身も、本書での幻想性を交えた出来栄えに手応えを感じているらしく、引き続きその作風で書いていきたいと語っている。新たな作品として、『断絶』執筆前にいったん放棄した長篇小説があり、それを大幅に書き直していることを明かしている（〈ナイロン〉のインタビュー）。ホラーの要素を取り入れた長篇になりそうだという見通しが、いったいどのような形で完成するのかを楽しみに待ちたい。

本書の刊行にあたっては、前作『断絶』の際と同様に、企画から刊行まで、白水社編集部の藤波健さんが的確に訳者をサポートしてくださった。訳文に磨きをかけるために尽力してくださった校正者の方にも、記して感謝申し上げたい。また、本書の「ロサンゼルス」と「オフィスアワー」について、東京大学文学部現代文芸論研究室をはじめとする学生たちから意見を聞く機会があり、訳者として学ぶところが多かったことにも感謝したい。

最後に、日常をともに作り上げてくれる僕の家族に。本書の翻訳中に、二頭目の柴犬を我が家に迎えることになり、それに振り回される日々が続いたが、それをともに乗り切ってくれた妻・河上麻由子と、娘と、いまだにお互いの距離感がつかめていない二頭の柴犬に、愛と感謝を込めて本書の翻訳を捧げたい。

二〇二五年一月

藤井光

訳者略歴
一九八〇年大阪生まれ
北海道大学大学院文学研究科博士課程修了
東京大学文学部・人文社会系研究科現代文芸論研究室
准教授

主要訳書
D・ジョンソン『煙の樹』『海の乙女の惜しみなさ』、R・ハージ『デニーロ・ゲーム』、S・プラセンシア『紙の民』、R・カリー・ジュニア『神は死んだ』、H・ブラーシム『死体展覧会』、M・ペンコフ『西欧の東』、L・マー『断絶』、G・アポストル『反乱者』（以上、白水社）、D・アラルコン『ロスト・シティ・レディオ』、T・オブレヒト『タイガーズ・ワイフ』、S・フリード『大いなる不満』、A・ドーア『すべての見えない光』（第三回日本翻訳大賞受賞）、R・マカーイ『戦時の音楽』（以上、新潮社）

〈エクス・リブリス〉
ブリス・モンタージュ

二〇二五年二月一五日 印刷
二〇二五年三月一〇日 発行

著者 リン・マー
訳者 © 藤《ふじ》井《い》光《ひかる》
発行者 岩堀雅己
印刷所 株式会社 三陽社
発行所 株式会社 白水社

東京都千代田区神田小川町三の二四
電話 営業部〇三（三二九一）七八一一
編集部〇三（三二九一）七八二一
振替 〇〇一九〇-五-三三二二八
郵便番号 一〇一-〇〇五二
www.hakusuisha.co.jp
乱丁・落丁本は、送料小社負担にてお取り替えいたします。

誠製本株式会社

ISBN978-4-560-09095-4

Printed in Japan